JAN MORRIS
In My Mind's Eye
A Thought Diary

心之眼

简·莫里斯思想日记

〔英〕简·莫里斯　著

梁瀚杰　译

中国出版集团　东方出版中心

图书在版编目（CIP）数据

心之眼：简·莫里斯思想日记 / （英）简·莫里斯
著；梁瀚杰译. －上海：东方出版中心，2021.1
ISBN 978-7-5473-1715-0

Ⅰ.①心… Ⅱ.①简… ②梁… Ⅲ.①日记－作品集
－英国－现代 Ⅳ.①I561.65

中国版本图书馆CIP数据核字（2020）第206615号

IN MY MIND'S EYE
Copyright © 2018 by Jan Morris
First published in 2018 by Faber & Faber Limited
Simplified Chinese translation copyright by Orient Publishing Center Company Ltd.,
Through United Agents and Andrew Nurnberg Associates International Limited Agency.
All rights reserved.

上海市版权局著作权合同登记　图字：09-2020-1021号

心之眼：简·莫里斯思想日记

著　者　〔英〕简·莫里斯
译　者　梁瀚杰
策划/责编　戴欣倍
装帧设计　钟　颖

出版发行　东方出版中心
地　　址　上海市仙霞路345号
邮政编码　200336
电　　话　021- 62417400
印 刷 者　上海盛通时代印刷有限公司

开　　本　710mm×1000mm　1/16
印　　张　22.25
字　　数　125千字
版　　次　2021年1月第1版
印　　次　2021年1月第1次印刷
定　　价　70.00元

简·莫里斯其他作品

《天堂的命令：帝国前行》

《大不列颠统治下的和平：帝国的气候》

《永别了，小号：帝国撤退》

《从东海岸到西海岸》

《珠穆朗玛皇冠》

《威尼斯》

《牛津》

《谜题》

《的里雅斯特：无名之地的意义》

《威尔士作家之屋》

《作家的世界》

《欧洲：亲身旅行》

《甲肝病毒》

《捕鱼人的脸》

《目的地》

《威尼斯动物志》

《西班牙》

《城市之间》

《大港口》

《哈希姆诸王》

《香港》

《林肯》

《威尔士事务》

《曼哈顿,1945 年》

《塞琉西亚集市》

《南非的冬天》

《帝国的壮观景象》

《接触!》

《你好,生鱼片!》

《大和号战舰》

* 本书内脚注均为译者注。 ——编者

恭恭敬敬地献给所有人

第1天

　　终我一生，从未以日记记下我的思绪。但如今我已年届九旬，垂垂老矣，又无一事可消磨时光，因而不妨一试，兴许能得到上天垂怜也说不定！这天我驾驶着开了九年的心爱的老破车本田 R 型上波特马多克，听着车内电台的钢琴协奏曲，第一缕可堪记载的思绪涌上了我的心头：这曲调在我听来似曾相识，又记不真切，也许还和别的协奏曲混淆了；世上已有万万千千的音乐，却依旧有万万千千的音符组合，可供人们谱成新的协奏曲，这是多么奇妙！音符的组合，难道是用不完的吗？

　　依旧有那么熟悉的旋律与和弦，在我听了无数遍之后仍让我迸出热泪，尤其是在我独自驾车的软弱时刻——这又是多么奇妙！驾车时我全副心思都在方向盘上，没有人来打破这一刻的沉静，只有音乐悄悄潜入心灵，仿佛一位老朋友对我说，缅怀那埋藏在心底的情感吧。

第 2 天

新世纪带来的只有失望和折磨,美国曾是我心目中的应许之地,现在也和世界上其他地方一样,穷街陋巷间回荡着幻想破灭的痛苦。我常常充满感情地回想起我昔日印象中的美国,特别是我记忆中的几十个美国小镇,它们横跨北美大陆,在其中的一个小镇上,有我往日的家;久而久之,它们在我的心目中代表了我所仰慕的人民大众的品格。

这些小镇上的人全都热情而率真,敢爱敢恨,而且都是那么友好!友好国家里的友好小镇——尽管现在听上去有几分幼稚,而且我也可以用更成熟的语言来形容,但我仍记得这些小镇的友好本性。

六七十年前,人们喜欢为美国小镇涂上神秘而美好的色彩。桑顿·怀尔德[1]以他的剧作《我们的小镇》首开先河,后来的流行歌曲多推波助澜,就像我一样,故意忽略镇上贫穷阶层的不幸

---

1 桑顿·怀尔德(1897—1975),美国小说家、剧作家,曾获普利策奖。

生活、若有若无的种族歧视、不可避免的人性贪婪和小地方多半存在的腐败，而只记得民风淳朴、人心向善。在我言辞尖酸的暮年，我仍愿意回想那一幕幕美好的画面：家庭主妇们有一搭没一搭扯闲篇，义务消防员在消防站里摆龙门阵，镇上寥寥可数的黑人笑容可掬，圣诞节池塘结冰时，血气方刚的小青年在冰上玩出各种花样来。

这些回忆中的画面美好而不无几分夸张，随之而来的是一种强烈而令人愉悦的美式爱国主义，我对此也欣然接受。当然了，作为一个英国人是要有英国格调的，我不能割舍英国的历史，因为它是那么的丰富多彩、特立独行，贪婪与仁慈的事迹、可敬可鄙的各色人物穿插其间，时有豪言壮语、诙谐幽默——所有这些让我心醉的点点滴滴，无不包含在大不列颠帝国的令人莫衷一是的史诗中，而我正是在那片土地上度过了我的大半生。

众所周知，大不列颠统治下的和平是以英国为中心的；如果要我选一种更博大的爱国主义，那我会很惊异地发现，美式爱国主义更大气、更真挚，因为它仰仗的不是征服胜利，而是美利坚合众国赖以立国的慷慨宽厚的价值观。如果要我为美国另定国歌，我会选艾玛·拉撒路[2]的《新巨人》：这些动人诗句被镌刻在自由女神像的底座上，迎接着又累又饿的受苦大众，引领他们穿过"金门"，走进他们心目中的自由之地；我要唱响这些动人诗句，仿佛我面对着一位作家1949年在西伯利亚所描绘的惨淡情景[3]。

2　艾玛·拉撒路（1849—1887），美国犹太诗人，《新巨人》是其最有名的诗作。

3　此处可能指苏联作家亚历山大·伊萨耶维奇·索尔仁尼琴（1918—2008）。

我更希望由盐湖城的摩门教唱诗班来唱响拉撒路的动人诗句，要知道，盐湖城的摩门教唱诗班原本仿效的就是我的故乡威尔士的男声唱诗班啊。

第3天

有人说，良知使我们怯懦，可我的良知往往只是让我自惭形秽，并且不足以制止我内心的恶念。有个与我素来不和的人住在附近，这天下着大雨，我开车回家时瞥见她家晾衣绳上还挂着四五件衣服呢。她出去度假了，这时良知就开始拷问我了：我是不是应该……

停下车把衣服收进来？我不做的话，就没有别人了啊。

"不收又怎么样？"我心中的魔鬼说，"不就是几只旧袜子、两件旧外套而已，就算淋湿了，她会在乎吗？"

良知反驳："这些衣服对你来说可能不算什么，但也许是她的心爱之物呢？"

魔鬼："谁叫她笨啊，让衣服被雨淋。"

良知："我以为'日行一善'是你的人生格言呢。"

魔鬼："我敢说，要是你的衣服被雨淋，她才不在乎呢！"

良知："我不是她，对不对？"

魔鬼："幸亏你不是她！你要是她，你就不会到处'日行一善'并且觉得自己是道德完人。还有啊,你和她素来不和,你没忘吧?"

魔鬼的金玉良言点醒了我,我赶紧驾车冲出雨雾回了家。

第 4 天

半夜我忽然醒来，感觉想拉屎。（"屎"是个非常传神的字眼，据《牛津英语词典》记载，它早在 1308 年就出现了，汤姆·沃尔夫[1]说它有 32 种用法。）

年过九旬的我早已出现了种种年老症状，现在半夜拉屎又带来了新的不便，那么让我来一一列出吧：① 身体重心不稳；② 健忘；③ 尿频；④ 夜间脚趾冰凉；⑤ 几乎是永久的鼻黏膜炎；⑥ 腹部、背部、脊柱、心脏部位和胃部的阵阵隐痛；⑦ 提笔忘字；⑧ 耳背；⑨ 易怒；⑩ 善妒；⑪ 饮酒之乐大大减少（我以前自夸，从"二战"以来每天都喝一瓶葡萄酒，可是现在我一星期不喝都没事）；⑫ 不记得熟人的名字或者对不上脸，这令我十分尴尬；⑬ 写文章时用太多的惊叹号。

现在新添了"一睡三遗矢"，让我感慨"老矣老矣"——人类所有苦难中，衰老恐怕是最叫人头疼的一种了吧。《圣经》中

1　汤姆·沃尔夫（1931—2018），美国演员、编剧，代表作品有《虚荣的篝火》。

说七十岁是一个人的合适寿命,我以为这倒是很明智的;约翰·邓恩[2]写道,"我们爱得崇高,活到六十岁",也许有点悲观;莎士比亚借剧中人之口告诉我们,人生的第七个时期最为凄惨[3],真是说到了点子上。有人鲁莽地以为我享受老年生活,便问我:"请问您幸福晚年的秘诀是什么?"我只好像往常一样给出我的神秘回答:"日行一善!"

---

2 约翰·邓恩(1572—1631),英国诗人。

3 莎士比亚喜剧《皆大欢喜》的"世界是一个舞台,所有的男男女女不过是一些演员"诗中提出了人生从婴儿到老年的七个时期。

第 5 天

　　有些小说可能对我来说太高明了，或者说，我不够高明，以至于无法欣赏它们。有时候小说太高明了，就难免曲高和寡。当然了，我欢迎文艺作品给我智力上的挑战，即便我需要外界帮助才能欣赏这一作品。我曾经一连 18 年无法读完詹姆斯·乔伊斯的《尤利西斯》，幸亏后来哈里·布莱迈斯的导读让我领略到乔伊斯的天才手法，我欣喜不已，从此把看不懂乔伊斯的日子抛到脑后。我有一个大胆鲁莽的想法：《尤利西斯》如果去掉各种不必要的含混晦涩之处，它作为乔伊斯杰作的地位将更上一层楼，而它的续作《芬尼根守灵夜》（所有我认识的人没有一个能读完的），我认为该作是对乔伊斯才华的巨大浪费。

　　之所以有以上想法，是因为我读到加夫列尔·加西亚·马尔克斯的《百年孤独》（1967 年出版）的第 38 页，正一头雾水。我打算今天稍后再接着读，毕竟我觉得我有义务来读这部小说。《纽约时报》将这部小说列为"人类必读书"之一。我等会儿应能知道，"我的必读书"能不能包括整部《百年孤独》。

　　稍后答案出来了：不能。

第 6 天

　　我迷信吗？我估计是的吧。不可知论毕竟与无神论相去甚远，我就相信一些历史传下来的民间信仰、流行观点和禁忌。习惯是一部分原因，"信则灵"则是另一部分原因。碰一下木制品、撒点盐来祈求好运，不走梯子下面、不用数字 13 以避免厄运，这就是我根据古代异教传统和基督教教义而遵从的行为守则。人总得相信这些吧——你觉得呢？

　　然而，对无生命的物体说话，这确是一种不合逻辑的特异行为，我对此也无法自我开脱。我和我的书交谈，或者感谢一个好吃的蛋饼，这不是因为某个德鲁伊先知[1]给我下了咒；我每天早晨向牙刷问好，入睡前向家具致谢，这也不是因为某种太古时代的先例定了调（至少我不知道）。电视机可不在乎我是否喜爱它播放的节目，常漏水的水龙头也对我的求告充耳不闻。对无生命的物体说话，这一习惯完全没有逻辑可言，我对此当然明白；我保

1　古代欧洲的凯尔特人多信奉德鲁伊教，在树林中隐修。

留这一习惯，只是因为它能给我一种从属感、亲密感。

如果你信教，那么向你的神祇求告则是另一码事了。虽然我平生对宗教抱有怀疑态度，但在我们生存的这个严酷时代，世界上每天都爆出令人心胆俱裂的事件，我时常心有所感，向超自然力量发出祈求的信息，不管他是什么神祇，有没有停下来聆听。

"晚安，上帝！"我熄灭床头灯时这么说，当然这破灯时灵时不灵的。"晚安，好运！"

第7天

一个暮气沉沉的下午，我搜出一张欧文·柏林[1]作词作曲的唱片，放出来的第一段歌词是这样的：

去年的一支舞啊

至今仍无分晓；

月亮先生在上啊

我的佳人杳渺。

"上帝呀！"我听了之后问自己，"这真的是你喜欢的？'月亮先生'？"好吧，我承认我有特殊的偏好。欧文·柏林是我遇见的第一个美国人；当我受邀去英国广播公司录制"沙漠岛屿唱片"时，我选的所有唱片都是欧文·柏林的作品。不过现在先忘了"月亮先生"吧，我喜爱欧文·柏林是因为他有作词天分，能

1　欧文·柏林（1888—1989），出生于俄罗斯的美国作曲家。

谱写宏伟而简洁的曲调，从而拥有全方位的吸引力——这些也是我最喜爱的古典作曲家的特质。

　　喜爱乐曲和旋律，我明白这是一种平民化的偏好。不过我敢打赌，从巴赫到马勒，从莫扎特、瓦格纳到普罗科菲耶夫[2]，这些古典音乐大师都会原谅我，并和我一起赞赏杰罗姆·科恩[3]和理查德·罗杰斯[4]等我们时代的杰出人物。肖邦能够欣赏《你是我的所有》[5]吗？当然能！也许他还会在马略卡岛上的晨曦中哼给乔治·桑听[6]。创作《大提琴协奏曲》的爱德华·埃尔加[7]欢呼，"我写出了绝妙的曲子！"这就是《希望与荣耀的土地》。唯有上帝的鬼斧神工，既创造了老虎，也创造了羔羊！[8]

　　上天作证，与我想到一块去的人多着呢。有没有人在歌剧院里等待下一段美妙咏叹调时，注意力开了小差？有没有人在忍受冗长乏味的中世纪圣歌时，心里渴盼最后的维多利亚赞美诗所带来的欢乐喜庆？请注意，就拿欧文·柏林的《脸贴脸》来说，这首歌如果不是由弗雷德·阿斯泰尔[9]来演绎的话，那么听上去就少了几分空灵，因为阿斯泰尔演唱时几乎是在潜意识地跟着节奏跳

2　谢尔盖·谢尔盖耶维奇·普罗科菲耶夫（1891—1953），苏联作曲家、钢琴家。

3　杰罗姆·科恩（1885—1945），美国作曲家，被誉为"现代美国音乐剧之父"。

4　理查德·罗杰斯（1902—1979），美国作曲家，创作了《音乐之声》等百老汇音乐剧。

5　迈克尔·杰克逊演唱的一首歌，收录于1973年的专辑中。

6　波兰作曲家肖邦和法国小说家乔治·桑于1838年在地中海的马略卡岛上度过了浪漫假期，岛上至今有两人故居。

7　爱德华·埃尔加（1857—1934），英国作曲家、指挥家。

8　这一句出自英国浪漫主义诗人威廉·布莱克的诗《虎》。埃尔加的《大提琴协奏曲》旋律优美抒情，而他的《希望与荣耀的土地》是激昂的进行曲，两者风格迥异，作者故有此说。

9　弗雷德·阿斯泰尔（1899—1987），美国演员、舞蹈家、歌手。

舞。我觉得，只有最出色的音乐才能完全摆脱演绎的影响（哪怕在我们的头脑中演绎），就像最出色的诗歌一样，飘荡在虚空中，不管我们的注意力有没有跟从它们。

第 8 天

既然谈到对无生命的物体说话，不妨再谈一下对动物说话——两者不是一回事。我们都有对狗、猫、马说话的经历，难道不是吗？我们可能以为它们至少有一丁点的理解力吧。狗会以它自己的方式微笑。马这动物非我所爱，有吸毒的朋友言之凿凿地告诉我，马对它的饲料怀有真诚的感激之情。猫会发出呼噜呼噜的声音。

令人不解之处就在这里。猫感到舒服的时候会发出呼噜呼噜的声音，但是它表示敌意的时候也这样。也许猫独处的时候也会呼噜呼噜给自己听？也许这呼噜呼噜声并无意义，并不是为了取悦人类？对于爱猫者来说，这种大逆不道的话可遭凌迟之刑呢。我可以想象，慈眉善目的老太太一边抚摸着心爱的猫，一边给我发来邮件表示愤怒的谴责。

其实他们完全不必如此大动干戈，因为我自己的猫就是个异数。它名叫"易卜生"，很多年前已下世，之后我再也不养猫了。这猫很自然地对我表示过感激，很自然地以呼噜呼噜声来表达友谊，总之，很自然地真挚待人。它是一只"挪威森林猫"，所以我叫它"易卜生"。我对它的品格非常了解，多年来与它建立了深厚的互信，以至于我将它当作和我一样的人来看待。别的猫只是动物而已，而我的"易卜生"对我来说是朋友和同事。

我的"易卜生"是不同寻常的……在这一点上它和别的猫是一样的。问你的阿加莎婶婶去。[1]

---

1 "问阿加莎婶婶"是《大陆电讯报》（*Continental Telegraph*）的一个专栏，读者就生活中的困惑提出问题，并得到尖刻讽刺的回答。

第9天

　　前几天我说我抱有怀疑态度——世上真有这样的人吗？当然有。这人首先得不轻信——不管是天性如此还是行事如此；其次要认识到，大体而言，平心而论，到最后尘埃落定，生活的大部分更可能是虚假的而不是真实的。在我看来，这样的人存在是不言自明的——我不就是一个？我就是这么一个"不信者"，虽然《牛津英语词典》没有收进这个词，但至少在1590年，一个狂热的赞美诗作者写道："不信者！我要赶快将你藏起来。"

　　现在，我在这儿为语言贡献一个新词。几个世纪以来，这一概念在其古老基础上大量吸收了各种增补、变化和新形式，历久弥新，我对之仰慕不已。尽管如此，我还是希望当我向英国年轻人询问"近来怎么样"的时候，他们不要像美国人一样回答"还行，谢了"，因为我这个"不信者"只是想问一下他们的身体状况，对他们的道德水准并不感兴趣。

第 10 天

今天我在街上差点撞上一个"微型妇女"。她不是体型特别纤小，也不是侏儒症患者，而是一个四岁小姑娘，但拥有成年妇女的所有特征。她穿着可爱的夏季印花连衣裙和凉鞋，戴着眼镜，更显老成；她彬彬有礼地闪到一边，让我先走。但是有一样东西让我颇感不安：她的笑容完全是成年人的那种笑容，就像面具一样能够随时安上取下，童稚的天真荡然无存。我曾在中国儿童身上注意到这种现象，但在威尔士还是第一次发现。

第 11 天

　　很多年前，我刚开始漫游生涯的时候，我想出了一个名为"微笑测试"的方式来判断城市及其人民的特点。这个方法就是：向街上的陌生人投以坚定的微笑，并分析他们的反应。比如，我曾通过对温哥华街上行人的反应推断出这座城市的内在特点：极高的文明程度，但害怕不确定性却让人们裹足不前。这样概括是很不精确、很不恰当的，我当然明白，不过有什么办法呢，我当时乐此不疲。

　　如今，我外出旅行的机会极为有限。我很少离开威尔士，所以我常常使用"微笑测试"来探索"英格兰人"这一谜之族群的国民性格。我有一半的英格兰血统，而且我的相当一部分职业生涯用于研究大不列颠（现在常称联合王国）的历史传承，但是我对我的另一半威尔士血统更为自豪；我在威尔士居住了 70 多年，那些络绎不绝北上观光的英格兰游客在我眼里早就或多或少是外国人了。

　　那么，"微笑测试"让我发现了什么呢？结论就是，所谓的

"英格兰性格"已不存在了。过去，"英格兰性格"能够明确无误地让我们"在1英里以外"就能认出一个英格兰人（1英里等于1 609.344米）。塑造这一民族性格的是长期征战胜利的历史、富有成效的阶级体系、帝国主义的本能和一代代人的民族自信。英格兰人——不管他们是贵族还是平民，男人还是女人，上的是伊顿公学还是综合中学——都以身为英格兰人为荣，习惯于受别人尊敬。

不妨把"微笑测试"用在正沿着步道向我们走来的一对中年夫妇身上——他们明显是英格兰人。向他们展示笑容，并等待回应——却没有任何回应。一丁点的回应都没有。他们目不斜视，看上去十分戒备，甚至有一丝害怕的神色；似乎在他们的世界里没有阳光，只有黑夜；似乎这笑容不是来伤害他们，就是来嘲笑他们的。以往世人会想象某种趾高气扬的回应，今天我们会期待某种自信友爱的回应，甚至希望欣赏曾经非常有名的英国式幽默，但是他们的表现却像是遭受了命运的严惩——或许真的如此？

当我和这对夫妇擦肩而过的时候，我总想告诉他们，"开心点呀，咱们是朋友！"但是他们没有转头看我的意思，所以我便不管不顾，昂首前行。

第 12 天

　　我有个素未谋面、只通过邮件联系的朋友阿尔维托·曼古埃尔，他最近当上了阿根廷国家图书馆馆长。阿根廷国家图书馆的上一任馆长是豪尔赫·路易斯·博尔赫斯，这位大文豪在任职期间已双目失明，这肯定暂时限制了他的读书嗜好吧。在广泛涉猎古今文学方面，没有人能比得上我的朋友曼古埃尔；他不但创作了关于读书实践的著作，他本人还拥有一座藏书甚丰的私人图书馆。

　　曼古埃尔在阿根廷国家图书馆管理着几百万本书，而他的私人图书馆拥有几千本；我常揣想，他对这两者是否厚此薄彼。我本人很少使用公共图书馆的资源，却花大价钱买书，这意味着我对书感情很深，在紧要关头我甚至不惜以身护书。一位颇有洞察力的威尔士老相识造访我家，晚饭后在我的书架间流连忘返，对我说，"啊，看来你最好的朋友都在这儿。"他说得没错：把这些书用手摩挲一番以感觉其存在，用眼观赏一下，用鼻子闻一闻，都让我心醉不已；我最爱的是这些书所带来的美好回忆——我的藏书中，每一本都以某种方式唤起我的回忆，有的是一封信，有的是一张明信片或剪报，有的只有一份温淡的情感了。现在我已进入垂暮之年，在这些老朋友中间盘桓终日，便是我的快乐之一。

对阿尔维托·曼古埃尔来说，一边是公职要他看管的海量公有图书资源，一边是晚饭后在家等着他的众多朋友，他应为哪一方自豪，对哪一方忠诚？不，他无须二选一。他比我睿智，比我聪明，他明白，重要的不是书，而是文字。

第 13 天

　　我的车送去维修，我得到了一辆借用的雷诺。这车十分精巧，我在它的无数按键开关上拨弄了一番，试图研究汽油从哪儿进、车窗怎么开，却被它的各种嘀嘀声和警报闪灯搞得头晕目眩。这时我忽然想到，技术是多么容易过时啊，又是多么容易在情绪不定的人类眼中显出其笨拙弱点啊。

　　世界各地很多我认识的人告诉我，他们惊异于一种失落的魔法——蒸汽机。神灯中飘出的精灵，却是那么邋遢不堪！尘土飞扬！震耳欲聋！烟雾蔽天！满身污秽的火车锅炉工永远挥着铲子向炉膛中添煤——多么悲惨的景象！蒸汽机车的黄铜镶边闪闪发亮，却不能使火车头的粗重轮廓变得更美。火车头拖着一长串货车和客车车厢在山山水水间哼哧哼哧地奔行，时不时幽怨地鸣响汽笛——我觉得这幅画面简直有几分喜剧色彩。我还从幼时的图画书中了解到，火车有时还会在车厢一边伸出网兜，接住站台上送过来的邮袋。这样看来，我的雷诺充斥着各种需要时刻关注的开关、符号、按键和警报闪灯，只是为了显得现代一点，就远没有火车那么可笑了。不过无须担心，我告诉自己，内燃机很快就会像污秽不堪的蒸汽机一样过时，新一代交通工具已经开始出现，它们都是电力驱动，特点是优雅、时尚、安静、清洁。

当然了，如果发展到了核能驱动，那倒还是值得担心一下。不过，只要把核能交通工具的残骸稍微埋几个世纪就能去除其有害放射性了呀。

第 14 天

啊，晴好天气人人爱！今天早上终于出了太阳，我坐在一个海边咖啡馆里，看到外面全是出来游玩的人们。昨天，长时间阴雨之后，人们看上去不但肥胖肿胀，而且一片愁云惨雾，就像刚从某个失意之国带来了代代相传的绝望。就连孩子们也垂头丧气，父母们心焦地等待返程列车，偶尔有几个奶奶或外婆穿得好像要去参加社区抗议活动，反对存在安全隐患的人行横道或垃圾收集。

现在太阳光芒万丈，再看看他们！一个个全活过来了！他们透过咖啡馆玻璃冲我嘿嘿直乐。老太太们扔掉了绿不绿灰不灰的衣服，换上了鲜艳的三原色时装；父母们奇迹般地瘦了身，头戴棒球帽，身着短袖短裤，脚蹬凉鞋，身上的棉布衣服突然有了令人愉悦的吸引力；孩子们看上去都只有五岁上下，全都活泼可爱、健康有力，仿佛仙境中的生灵！当真是这样吗？哎呀，肯定不是啦。只是我的心境转换了而已——只因和煦的阳光让我排遣了怨憎、放下了成见，在卡布奇诺杯中只看见这一早晨的世界中美好的一切。

第 15 天

这就要得老年痴呆症了吗？昨夜无眠，正当我辗转反侧时，我把收音机开开关关，试图让头脑放空。我当时非常清楚我睡不着的原因是什么，那就是——

是什么？真叫人头疼。今天我完全想不起来为什么睡不着了。昨晚十分清晰，今天却一片混沌了。我们都曾听说过、读到过被称为"老年"的悲惨情形，这难道就是"老年"的某种预演？很久以前，女作家艾斯帕斯·赫胥黎（她在威尔士我家附近度过了人生最后几年）告诉我，她注意到一件反常的事：她有时突然记不起一个普通单词，只得找词典来查拼写。她已于1997年过世，我常常在想，她后来是怎么解决单词拼写问题的。我有时也发现，一些极为熟悉的、再普通不过的单词也在我的脑子搞混了。我有什么办法？只好像艾斯帕斯·赫胥黎一样，拿起我的《简明牛津英语词典》……

我有一个老朋友，他是一个非常善良、聪明的人，他在生命的最后十年中遇到了更为严峻的挑战。他那时仍然机敏、体贴，但他多年相濡以沫的妻子不知为什么原因，却忽然不认得他了，甚至对他极为厌恶。这不光是"老年"做的孽吧？这是目前尚无解释的老年痴呆症所造成的令人心碎的后果。要是我不是一个不可知论者的话，我完全有理由质疑所谓"仁慈上帝"的存在。

与此同时（我要说什么来着）……

第 16 天

古罗马诗人奥维德是我妒忌的对象。他被罗马帝国皇帝屋大维·奥古斯都逐出罗马，流放到黑海沿岸一个名叫托米斯的偏远地方，十年后死在那里，然而他的流放岁月却演变成了流传至今的传奇故事，甚至成了艺术创作的不朽主题——约瑟夫·玛罗德·威廉·透纳[1]对奥维德命运的刻画慷慨悲壮，就如同他的名画《被拖去解体的战舰无畏号》[2] 一样。在流放期间，奥维德著述甚丰；其诗以感伤为主，常有哀怨之语。我虽然是他两千年后的同道，但他的诗作并不能引发我的同情。在我看来，被拘禁在黑海边的一所房子里，余生只能写抒情诗句，这有什么值得埋怨的？更苦的事还多着呢。

托米斯如今是罗马尼亚的巨港——康斯坦察。那是一座漂亮的城市，一个广场上还有 19 世纪建的奥维德雕像。然而，我自己

1　约瑟夫·玛罗德·威廉·透纳（1775—1851），英国风景画家。

2　创作于 1839 年，意在表现当时日渐衰落的英国皇家海军。

的托米斯就在威尔士的拉纳斯蒂姆杜伊，在我家里的花园。这是伊丽莎白的领地，她开辟了这个花园，并一直照看着。我只管像奥维德一样在花园里闲逛，心里想着我的文章。花园是一块砂砾地，三面丛生着乔木和灌木：一两棵冷杉、一棵七叶树、一片杜鹃花、几丛山茶花夹杂着黑莓荆棘，还有别的我叫不出名的植物；樱草花、风铃草和雪花莲随季开放，偶有杂草则受到伊丽莎白的无情刈除。凌驾这一切之上的是一株西卡莫槭，它已生长多年，遮天蔽日。我不能说这棵树有什么大不了的，因为它实在是没什么大不了的；它只是一棵极为普通的树。它让我心仪之处在于，它不仅是我的家，还是许许多多生物的栖息地！半个世纪前，我买了一本奇妙的书——乔治·奥迪什的《生命之屋》，作者说他的房子里大概住着两百只蜘蛛，此外还有甲虫、跳蚤、飞蛾、蟑螂和苍蝇的各类群落。每当我在阳光下闲逛，而伊丽莎白在刈草时，我就恣意地想象，花园里的各种生物是怎样在我周围出生、进食、争斗、繁殖，最后死去。

不久以前，花园的生物种类更多呢！可惜生态环境变化太快，让我失去了青草蛇、萤火虫和偶尔出没的蜥蜴，就连蟾蜍也比以前少了。不过也没什么好担心的，花园漫步时，总有蜜蜂和黄蜂在身旁嗡嗡叫，甲虫和毛虫在砂砾上奋力爬，有时候一只俊俏的蜻蜓从河边飞来，一只知更鸟蹦过来。只要在灌木中猛地扒拉一番，就会发现一两只笨拙的松鼠在枝条间晃晃悠悠地跳来跳去。常能看见一只乌鸦或画眉在树木间飞掠或号叫，或者一只斑尾鸽唱着单调的小夜曲以取悦配偶。有时一群来自卡迪根湾的海鸥飞过头顶，它们准是去什么好地方找吃的。猫头鹰仍在睡觉吧——我是这么猜的，我一向想象它们在林木幽暗处栖息。

啊，快活的邮递员来了，带来了每天早晨的文字垃圾。伊丽莎白放下了泥铲，站起来去调咖啡；我收拾身心，伸伸懒腰，礼貌问候了一下奥维德和罗马帝国皇帝便离开了，放任可爱的生灵们占据整个花园。

第17天

　　来说说音乐旋律的事。大家可能都有这种经历：一段旋律在头脑中挥之不去——对我来说，这固然是一种烦恼，但还没到被折磨的地步，因为在我心头萦绕的旋律也都是我喜爱的；可有时候，即便我最喜爱的旋律，要是像强直性痉挛一样缠绕着我太久，就会占据我头脑中很大一块空间，害我什么事也做不成。旋律究竟是怎么一回事啊？为什么一段音符的简单组合会让我们或悲或喜、执迷不已？

　　我最近就经历了一次被旋律"强直性"上身，由于我无论如何都记不起那是什么旋律，它愈加让我难以释怀。我敢肯定那是一段非常著名、家喻户晓的旋律，可它到底是什么？流行还是古典，"一战"还是披头士？这一旋律长时间地在我头脑中回响，我甚至向旁人打听它的出处：不只是问朋友，还问超市里碰到的陌生人。我向他们嘟嘟嚷嚷哼一小节，大部分人都能立即感到熟悉，但只有一个人真正说中了：那不是旧时舞台剧的主题曲，也不是电影的煽情曲调，而是贝多芬第八钢琴奏鸣曲《悲怆》的第二乐章。这不，你也想起来了吧？

可想而知，我对那人一顿夸，差点给他一个熊抱。在我脑中盘旋良久之后，这段超凡入圣的奏鸣曲终于离开了我，不过一两个月之后，我脑中的旋律换成了《当我们年轻时》（约翰·施特劳斯 1885 年作曲，奥斯卡·汉默斯顿 1938 年作词）。

第 18 天

最近我有幸上了一个电视节目，主持人是电视圈内一位赫赫有名、备受爱戴的专业人士。这次经历给我带来了灾难性的后果。

70 年来，我一直居住在威尔士的这个小地方，我和我的家人早就混了个脸熟，我出去买个东西都能碰到老熟人，而威尔士叫人开心的一个特点就是那种一体同心的兄弟情谊。可是上了电视之后，我就被引入了另一种完全不同的感受。突然之间，我觉得所有的熟人都以全新态度对待我；突然之间，我觉得他们都特别热情地和我打招呼，好像我在那位备受敬仰的电视主持人身边出镜就是接受了涂油礼[1]！这些熟人中，很多读过我的书，还有很多在过去几十年里对我提携有加，可是现在他们看上去在向一个全新的我打招呼。

的确，是我变了，不是他们。我似乎沾染了电视业的不良习

1　向少数人赋予特殊身份或权利的基督教典礼，如主教就任时由教皇为其涂油。

气，那些闪闪发光的屏幕魔法，那些歪曲失真的明星形象……虽然那个节目我自己都没看过，可要是有人和我说话时没有提及那个节目，我心里会暗暗生气；要是有人都没认出我来，我会觉得焦躁不安。老天爷啊！我每天早晨迫不及待地上推特，只为了看看有没有好评。要知道，我写了那么多年书，我还没有这么想要好评呢！最后，一切慢慢恢复了平静。人们不再远远看见我就堆起了笑容，推特上也不再有评论了。那个电视节目渐渐被人遗忘，那位主持人也走上别的舞台继续其星光生涯。我自己终于也看了节目——我看到了啥？不带感情地讲，我只看见一个穿黄衣的老太婆步履蹒跚、老态龙钟。

第 19 天

　　这是幻觉吗？还是真实的？我脑子出问题了？这天早上我去吃早饭的当儿，从图书馆地板上蹿过去一只极小的漆黑动物，比老鼠还小，像是一只鼹鼠或田鼠。它一眨眼就消失了，我在桌子、书架和地毯下面都找不到它的踪影。十分钟后，我正坐在沙发上喝咖啡，忽然眼角依稀瞥见一个黑色物体从我脚边蹿过⋯⋯啊，果然，又是那只漆黑小动物，这次它停留了一秒钟，明显有条尾巴。一眨眼的工夫它又不见了，有来处却没有去处，完全不留踪迹——没有抓痕，没有遗屎，只有我脑海中那只迅捷的漆黑小动物倏忽掠过的模糊印象。那是真实的吗？我真的看见它了？还是我进入暮年后的第一个幻觉？

　　以后要好好盯着这片地方。

第 20 天

我每天沿着我家边上的车道走 1 000 步，总长约 1 英里，这就是我的日常基本训练。当然了，我还有其他的锻炼，不过这 1 000 步是我自己一定要走的，风雨无阻，就算地震也不能阻止我。

天天这么走路锻炼，有时会觉得枯燥，所以我尽量采用轻快的步调，辅以有节奏的呼吸以及吹口哨、唱歌、哼曲和想象某种节律的音乐作品。我头脑中的曲目可多呢，从《哈利什的男人》[1]到莫扎特的《震怒之日》[2]，不过昨天我决定将范围缩小到各国国歌，这样能让我走路时更加昂扬、平稳。

就这样，今天一大早，我开始走路的时候哼着《父辈的土地》[3]，这让我走得飞快；然后是《天佑女王》[4]，其旋律就连贝多

1　威尔士民谣。

2　又译《末日经》，莫扎特生前未能完成的安魂曲，歌词为拉丁文。

3　威尔士国歌，创作于 1856 年。

4　大不列颠及北爱尔兰联合王国国歌。男性君主在位时，称为《天佑国王》。

芬也倍加赞赏，还演化成了美国的《我的国家属于你》[5] 和列支敦士登的《在年轻的莱茵河上》[6]。要论提神醒脑，什么曲子能比得上伴随着法兰西共和国义勇军雄赳赳气昂昂前进的《马赛曲》[7]，或者伴随着苏格兰风笛喜洋洋乐陶陶演奏的《苏格兰勇士》[8]？这会儿，我头脑里的国歌用完了——或许可以换上意大利、西班牙、俄罗斯或中国的国歌？大约走了五百步左右，我只得把非正式国歌也拿来用。于是，我接二连三地哼起了《扬基歌》[9]、《跳华尔兹的玛蒂尔达》[10]、《希望与荣耀的土地》[11]、《爱尔兰的眼睛在微笑》[12] 和《波基上校进行曲》[13]。正在各种曲子争奇斗艳的当儿，一首真正的国歌忽然冲进了我的脑海，让我恍惚中离开了这条坑洼不平的车道，离开了这个清新怡人的威尔士早晨，来到了很多年前的一个傍晚，勃兰登堡门[14]的一个庆典上。

当时，这座恐怖的遗迹正在庆祝其建成 200 周年。它见证了普鲁士的浮夸、纳粹的骄横，我出席建成庆典，确实带着几分不齿；然而，当庆典临近尾声，我正想着多半是铜管齐鸣，卖弄一

5　美国 19 世纪实际使用的国歌，旋律与《天佑女王》相同。

6　列支敦士登国歌，旋律与《天佑女王》相同。

7　法国大革命期间应运而生的爱国歌曲，1792 年首次演奏，后被定为法兰西共和国国歌。

8　苏格兰爱国歌曲，常在英联邦运动会中用于代表苏格兰。

9　美国爱国歌曲，康涅狄格州州歌。

10　澳大利亚民谣，又名《丛林流浪》，常被称为"澳大利亚的非官方国歌"。

11　英格兰爱国歌曲，由爱德华·埃尔加创作，常在英联邦运动会中用于代表英格兰。

12　爱尔兰民谣。

13　英国作曲家肯耐·约瑟夫·奥尔福德于 1914 年创作的铜管乐曲，1957 年电影《桂河大桥》中用为插曲。

14　位于德国柏林，由普鲁士国王腓特烈·威廉二世下令于 1788—1791 年间建造，以纪念普鲁士在七年战争中取得的胜利。

番狂妄，夜幕中却慢慢响起了海顿的《德意志高于一切》[15]。那旋律如同天鹅绒一样柔和，在弦乐四重奏的出色演绎下，真是最叫人折服的国歌呀。就这样，今天早上我注意避开农舍门前的水坑，完成了最后的步数，伴随着我的不是军乐的抑扬节奏，而是一种更为哀伤而优雅的悦耳旋律。

15　德意志联邦共和国国歌，由"交响乐之父"弗朗茨·约瑟夫·海顿作曲。

第 21 天

"让世界停下，我要下车！"安东尼·纽雷在他 1966 年创作的热门音乐剧里借剧中人之口大声喊出了这句话——据说是他从某地街头涂鸦上找来的。当时氢弹技术开始成熟，出现这种情绪不足为奇；现在，世界因各方力量纠葛不清而深陷政治冲突、经济冲突、令人哭笑不得的宗教冲突乃至纯粹发神经的冲突之中，这种情绪想必更得人心了吧。

我的同代人我遇到过许多，他们几十年来都已习惯了幻想的破灭，在他们看来，这个世界已经到了最悲惨的境地——他们也许会认同安东尼·纽雷来自街头涂鸦的"下车"呼吁。而我则不然，我准备"留在车上"。亚历山大·蒲柏描写处女祭司的快乐，有"遗忘世界时，也被世界遗忘"之语[1]，有时候我确有此想，但这只是一转念而已。在这世上我时日无多，我若离弃我的家人和朋友，将使我蒙羞；毕竟人类只是现在经过一阵精神错乱期，

1　出自英国诗人亚历山大·蒲柏长诗《艾洛伊斯致亚伯拉德》。

人类喧嚣扰攘的历史长着呢。此外，虽然我像旁人一样有很多私人问题要牵挂，但还是有很多快乐可供我享受，有很多人需要我的爱。

所以，我不希望离开我们古老的地球。我的卧室墙上若有涂鸦，那么最绝望的一句可能是："让闹钟停下，我不想起床。"

第 22 天

今天早上我沿着车道走路锻炼的时候心不在焉，眼睛盯着地面，心里想着别的，最后我也不知道我走到了哪里。还好，慈仁的大自然给了我提示：可以转头回家啦。车道与名叫德怀福尔的小河平行，中间有些小树林。如果没有下暴雨使河水高涨的话，我这么一边走路锻炼一边想心事，在最初的半英里内是完全听不见小河的任何声音的；随后，车道就与小树林分道扬镳，更接近小河，这时我才能听见流水潺潺。所以，一听到水声，我就毫不犹豫，掉转头回家啦。

这件不起眼的日常小事，却奇妙地让我想起了斯威士兰[1]——那地方和威尔士可是天差地别呢。很多年前，我在那儿旅居时得知姆巴巴纳附近的山坡上有一处"圣地"，依照当地传统，几世纪以来斯威士兰历任国王的遗骨都埋藏在那里。我向当地人询问怎么去"圣地"，他们告诉我，要沿着一条小道上山，小道紧挨

1　非洲东南部的内陆国家，2018 年改名为"斯瓦蒂尼"。首都为姆巴巴纳。

着一条小溪，一直走到听不见小溪的水声了，就到达"圣地"了。那次旅程，我走到了哪儿？当我不再听见水声时，我感到一种强大的非自然力量让我动弹不得——我发誓这是真的。然后我赶紧往回走，就像我在威尔士的车道处听见了德怀福尔的潺潺水声一样。有一点不同：我走路锻炼后感觉良好，可是那天傍晚我从埋藏斯威士兰历任国王遗骨的"圣地"回来后，根据我的时间记载，我无从解释地病倒了，躺在床上整整两天。

第23天

　　昨天，我遇到了一桩悲剧。我家附近，高山之上，面朝大海，常年刮风处有一个孤零零的墓园，配有一座小教堂。教堂永远锁着门，墓园看起来比教堂重要多了。虽然远离人家，但这个墓园拥有整洁的草坪，设施维护良好，显然是居民关爱的场所；四周的草地上，一排又一排的石板和十字架蜿蜒起伏，当中有相当一部分是新立的墓碑。昨天我就在这里慢悠悠走了一圈，发现墓碑上很多姓氏就来自我家附近的住家、农舍和商店。墓碑上有的是英语，有的是威尔士语。这里高峻、静穆，绿草如茵，面朝大海，我觉得这是死后托付遗体的极好地方；这里有商人、海员、店主、农夫，似乎还是一个社区，在我看来和我所居住的社区没什么两样。

　　在墓园的偏远一角，我发现了一处更令人悲伤的纪念碑。里面有一个灰色方尖塔，很高，但已垮塌了一部分，周围草皮十分凌乱，铭文也磨灭得难以看清了，但此地自有一种威严气势，凌驾于其他普通墓碑之上。我攀爬上去，才看清纪念的是沃德家族的三位先人，我自然不认识，但这三人显然与墓地社区的众人不同。

方尖塔纪念的是托马斯·沃德准将（1861—1949，隶属于赫赫有名的英国"女王湾"骑兵团）和夫人凯瑟琳（1887—1972，贝尔莫尔伯爵的女儿）。和这里下葬的平民相比，这对夫妻是多么显贵！然而他们的墓穴偏居一隅，这又是多么讽刺！当我转到另一边，发现第三处铭文，我的观感便不同了。这儿纪念的是夫妻俩的儿子理查德·托马斯·沃德中尉（1924—1944，同样隶属于"女王湾"，获陆军十字勋章）。这位勇敢的小伙子年仅20岁即在意大利战死沙场，当时老准将已经83岁，他的妻子57岁。这一家人和这座海风吹拂的寂静墓园内埋葬的其他平民有什么两样吗？他们的忧伤难道不是所有下世者的忧伤？难道不也同样是我们这些在世者的忧伤？

第 24 天

你是否记得拉迪亚德·吉卜林[1]小说《基姆》[2]中描写的印度大干路[2]？书中写道："壮观之至，令人大开眼界……生生不息的河流……绿色的拱廊，投下了斑驳的阴影……白色的大道上，散布着缓慢走动的人群。"今天傍晚，我从我家车道望向院子，就亲眼看见了这一景象。

车道上有点交通堵塞，四周都是街边的茂密绿树，将半个车道笼罩在树荫中；人畜缓慢而庄严地前行，似乎通过这条大干路走向安拉阿巴德和阿姆利则[3]之间的某处。最显眼的是两只大象，它们正费力地左右摇晃着；三五个农民在人行道上推撞打闹，我能听到笑声不时传来；尘土飞扬中，一只野狗调皮地窜来窜去；

1　拉迪亚德·吉卜林（1865—1936），英国小说家、诗人，出生于印度孟买，1907 年获诺贝尔文学奖。

2　横跨南亚次大陆北部的贸易线路，全长 2 500 千米，连接孟加拉国和巴基斯坦的白沙瓦，沿途有加尔各答、贝拿勒斯、德里等重要印度城市。

3　均为印度北部城市。

几辆四轮载货马车小心翼翼地穿过这一片混乱，甚至还有一辆小人力车匆匆忙忙地冲进冲出。在这里，我神奇地看见了印度的所有色彩，闻到了印度的所有气味，还听见了印度音乐中的尖细半音。

要知道，那会儿已经五点了呀。我的邻居派瑞一家正骑着四轮摩托，把他们的海福特奶牛赶去挤奶，他们那条名叫"本"的看门犬高兴得四处乱蹦。大伙儿都不慌不忙；摇曳的橡树叶子间，有灯光明灭；干草屑飞舞，仿佛尘土。大干路只是我的白日梦吗？那些神秘的印度音乐只是我吹的口哨，那辆匆匆忙忙的小人力车只是我的本田，载着我从超市回家，早早喝上茶。

第 25 天

那天我不知从哪儿读到，一个男人爱上了一头绵羊。这固然是个无趣的爱情故事，但哪儿比得上身为一头绵羊那么无趣！世上完全没有与绵羊相关的神奇传说，试问有哪种动物是这样的？我当然知道基督徒一直将绵羊视为纯洁的象征，受上帝的眷顾，可是我住在绵羊之国的中心，每天都会遇到绵羊，我发觉这种动物尽管因其"温顺驯良"受到赞美诗赞颂，但它使人心情低落的本领也是一流的。

绵羊确实因其嬉戏习性而惹人怜爱（尤其是当它还是羊羔的时候）：和一群同伴快乐地蹦蹦跳跳，从大木头上一屁股落到地上，突然冲过来埋下头吮吸母羊乳房。我能接受"上帝的羊羔"，可是"上帝的绵羊"就让人不忍卒视了。据我观察，成年绵羊整天只有吃一件事；它甚至连所有动物叫声中最平板的那一声"咩"都懒得叫。（插一句，塞缪尔·约翰逊博士早在 1755 年即已将"咩"收入《牛津英语词典》，所以"咩"是个名正言顺的词。）

绵羊想必也要交配繁殖，可是没有人看见过。它只是站在那里，和它那些一模一样的同伴在一起，没有声音，没有动作，没有色彩，只是咯吱咯吱嚼啊，嚼啊，把时间慢慢嚼碎……要是真有轮回重生这回事，我愿倾我所有，换我免于在来世成为一只绵羊！

　　做一只山羊多好！哇，摩羯座不就是一只山羊吗？它机灵、善变，有山羊胡子、优雅的角和蹄，而且能用魔法玩各种花样。成为这个神奇族类的一员，想必是所有来世愿望中最难实现的一个了吧？另外，我碰巧得知一个秘不外宣的消息：神奇的山羊最终将服从地球的统治，与左撇子人类（就是本人）结为联盟。

第 26 天

我受够了资本主义了。在我少不更事的时候,我想象中的资本主义都是些家常的东西,如饼干制造商、巧克力、兰令自行车[1]、W. H. 史密斯书店[2]和慈父般的乡村银行经理;那时候读到的商业大亨都是大公无私的开明雇主,他们为其雇员建造模范村庄。我从未到过伦敦金融城[3],华尔街对我来说比通往撒马尔罕的金色道路[4]更遥远。

在我的青春期,卡尔·马克思出现了,他的著作让我了解到资本家无一例外都是坏蛋,就连街角那个管报摊的也不是好东西。后来,希特勒带着另一套教条登上了政坛。不过那时我已成年了,我得出的结论就是,总的来说,确如丘吉尔所认为的那样,资本主义民主制度是"最不坏的选择"。

---

1 始创于英国诺丁汉兰令街的自行车公司。

2 英国最大的零售书店之一。

3 "大伦敦"的 32 个郡之一,位于泰晤士河北岸,聚集了大量银行、证券交易所等金融机构。

4 英国诗人詹姆斯·埃尔罗伊·弗莱克在诗中写道:"我们为了不应当知晓的贪欲,沿着金色的道路来到了撒马尔罕。"撒马尔罕位于乌兹别克斯坦,常被西方人视为异国情调的象征。

那时候，我读到有关英国大公司业务和影响遍及全球的报道，这让我心中充满了崇敬，因为我隐约感到，随着大英帝国日薄西山，这些大公司也许能重现昔日荣光。包罗万象的伦敦金融城在我看来，是英国价值观的体现，值得尊敬。有一次，在波斯湾的一艘邮轮上，我拿出一张美元支票付账，那个势利眼的出纳说，"哦哟，这可不行！我们航线希望顾客用英镑付钱。"那时我竟然有几分感动。

可是看看现在的英国资本主义——这就是我们联合王国的基本经济制度！我承认我对此几乎一窍不通。我一生中遇到的真正资本家极少，他们都是非常令人敬佩的：有一个人创办了极为成功的图书拍卖公司，有一个人从事水力园艺的商业化事业，还有五六个人在威尔士我家附近经营私营企业，我非常赞赏他们的风格和目标。但是从我所知的英国现今的主流意识形态整体而言，资本主义就是个上不得台面的大骗局！

资本主义的英雄在哪儿？它的道德在哪儿？董事会里有虔诚的贵格会教徒[5]吗？网上有目光远大的慈善家吗？在我们这个时代，挣大钱的"能人"看上去只是爱炫耀的"名人"，他们有珠光宝气的夫人、巨量的离岸资产、摩纳哥或牙买加的别墅、可疑的财务记录、拈花惹草的私生活、又大又土的游艇，并且串通好了一样都喜欢上《哈罗！》杂志[6]。

你也许会问：那么资本主义到底有用吗？它是否保证了联合王国的稳定发展？丘吉尔对此是否认可？要我说的话，丘吉尔还预测大英帝国能延续一千年呢，真是借他吉言啊……

5　主要在英美的基督教教派，反对烦琐礼仪，主张宽容、和平、社会公正。

6　英国名人八卦杂志。

第27天

"怨憎"是一个很好的词,你觉得呢?它朗朗上口、节奏明快,虽有不祥意义,却也难以索解。怨憎!谁都不会去"怨憎"自己的敌人,[1] 对不对?

不过,此时此地,我希望"怨憎"任何与动物园有关的人。动物园可不是什么花园,它就是个监狱,关着活生生的动物,它们没有犯任何罪,却未经审判就入狱(而且大部分是远离家园),还不能得到缓刑——这根本没有正义可言。经营这种残暴机构或者从中牟利的人,我觉得简直是十恶不赦。我知道,他们大多数人认为人类和其他动物之间存在权利上的根本区别——按某些人的说法,动物没有灵魂。我要对他们说:"一派胡言!"

有人解释说,动物园有助于濒危物种生存,这不能说服我。这个解释就像在说,为了保存目前数量不断减少的塔斯马尼亚土著人,需要把他们仅剩的成员关起来。我的看法是,即使为了全

1　原文如此,此句为反语。

世界所有的科学研究需要，也不可以在动物园里关押哪怕一个生物。如果需要活体解剖，让人类志愿者上！要是没有志愿者，那就自认倒霉吧。

同样道理，我鄙视那些去动物园逗乐子的人，尤其鄙视那些带孩子去的人；孩子们舔着冰激凌，在大人鼓励下透过铁栏杆和隔离沟看那些被关在里面的不幸动物。去动物园就是这样"寓教于乐"的经历？我对此深恶痛绝。我要对此给予我全部的"怨憎"，这远比简单的反感来得重；这是自远古以来的一种强大诅咒，现在我将这一诅咒施加给任何地方曾经出现过的动物园和任何通过动物园获得快乐或盈利的人（儿童除外）。

"怨憎"他们！怨憎！

第 28 天

今天的云朵特别好看。湛蓝的天，轻柔的风，平静的海，我像莎士比亚笔下的波洛涅斯[1]一样坐在花园里，怀着满足感，将云朵幻想成骆驼、大象等在空中飘来飘去。当然了，我以前并不是一看见云朵就挪不动腿的。近来，我开始将云朵视为自然规律中的关键组成部分——不只是科学或气象意义上的自然现象，而是事物概念的内在成分。

我以前将云朵看成无关紧要的装饰音，原因是这样的：很显然，即便是最伟大的艺术家在风景画中表现云朵，云朵瞬息万变，已与其在画中形象不同。不管是康斯太勃尔[2]还是卡纳莱托[3]，当他们完成其巨作时，云朵早已改换了面貌。因此，云朵可谓虚假的附属物。这一点很容易证实：我有这两位风景画大师的影印速

1　《哈姆雷特》剧中人物，丹麦御前大臣，雷欧提斯之父。

2　约翰·康斯太勃尔（1776—1837），英国风景画家。

3　卡纳莱托（1697—1768），原名乔万尼·安东尼奥·卡纳尔，意大利风景画家。

写本，通过比较他们的速写与作品，我能证实画中的云朵并不是来自现场写生的。

话又说回来，我觉得这当然不是云朵的错。也许确有那么一个瞬间，云朵像康斯太勃尔《索尔兹伯里大教堂》中那样气势恢宏或者像卡纳莱托《大运河》中那样懒散悠闲。所以，我不再将它们看作假货，而是必要的组成部分。贝多芬的天才音乐作品可以在几世纪后一位伟大指挥家的手中得到充满个人魅力的展现，同样，不管云朵以什么样随心所欲的方式附加在建筑之上，它们都为自然的宏大作品增添了人类想象的装饰音。

第29天

生性浪漫其实有很多弊端，我必须承认这一点。那天电视上有一位美国女士在谈论美国枪械法律，她几乎让我倒向了她的立场。她说，美国人有了武器以后就能随时保护自己，对抗罪恶，捍卫他们的自由和生活方式，维护他们的民族遗产——前人所骄傲的历史、后代所期盼的未来。就是这样！天啊，我好佩服她。她的话听上去好有道理。

她当然也引述了《美国宪法第二修正案》，这是 1789 年提出的《权利法案》的一部分。我查阅了文件，原文如下："纪律严明的民兵是保障自由州的安全所必需的，人民持有和携带武器的权利不可侵犯。"当时新生的自由州尚无常备军，看来，制定这条法令的目的是保障其安全。美国的开国元老们恐怕料想不到，三个世纪之后，美国每个枕头下面都放着一把左轮手枪，更别说衣橱里的自动步枪和女士随身携带的粉红色小手枪了。那位美国女士的话让我激情澎湃了好一阵，直到查阅文件后才平息下来。这就是生性浪漫的弊端之一啊。

恶劣之物往往有其诱惑之处，这诱惑往往就吸引了我这样的人。战争是世间极恶，然而我却常常关注伴随战争而来的勇气、忠诚和牺牲。我以大英帝国的辉煌岁月为荣，但我也明白大英帝国是建立在极端不公正的基础之上。纽伦堡的齐步操练固然叫人心里发毛，可看上去却很壮观。朝鲜的团体操表演固然千人一面，难道不具其魅力吗？我曾经写过一部小书，盛赞"二战"时的日本战列舰"大和号"，但同时我也明白，"大和号"正象征着一个极端残暴的疯狂政权。

最后，我要说明我有关"大和号"的小书意在指出战争的无尽荒谬，而我的浪漫本性容易使我对事物的轻重缓急失去把握。

第30天

　　大海！大海！A497 公路上有一个地方，就在我家旁边不远
处，从英格兰开车来的人通过一个矮丘之后能第一次看见卡迪根
湾的海水。如果车里有小孩，这很可能是小孩第一次看见大海；
当他们通过时，我很高兴看见孩子在车里兴奋地蹦跳并大喊（这
自然是我的想象），就像色诺芬[1]率领的希腊军队历尽千辛万苦回
到故乡海岸时大喊，"塔拉萨[2]！塔拉萨！"我完全了解希腊人和
孩子们是什么感受。

　　我一生都在海边度过。我大部分的书是有关沿海城市的，比
如威尼斯、曼哈顿、悉尼和的里雅斯特；当我写有关牛津的书时，
我总感到牛津唯一缺少的就是一片海滩。对我来说，大海就是故
乡；现在，我几乎无法想象一种远离海岸线的生活——这种生活

---

[1]　色诺芬（约公元前 440 年—公元前 355 年），古希腊历史学家。他的名著《远征记》记载了他率领
　　希腊雇佣军从波斯帝国返回希腊的过程。

[2]　古希腊神话中的海洋女神。

没有开放边界，没有地平线，没有海洋带来的广阔意义（看一下地球仪就能知道，所有的海域都是一个互相连接的大洋，而所有的陆块只是当中的大型群岛而已）。

说实话，我没有看过色诺芬的著作，所以正当我写这篇日记的时候，我忽然想起我并不知道两千年前色诺芬的希腊军队到底回到了哪一片海域。我估摸吧，不是爱琴海就是爱奥尼亚海，要不就是地中海的其他区域，反正地中海就是希腊人的故乡，正如同爱尔兰海是我的故乡一样。然而事实并非如此：色诺芬的希腊军队到达的是黑海，离雅典十万八千里。黑海虽叫"海"，其实只比里海大不了多少，就是一个大湖。有那么一瞬间，我觉得我对"塔拉萨"的浪漫理解恐怕有误。

但是我本该知道的呀！我又仔细查看了我的地球仪，发现在黑海的底下有一个较小的马尔马拉海，在这个海的底下就是达达尼尔海峡；这个海峡关系重大，它不仅将马尔马拉海与爱琴海乃至地中海连接起来，还连接了地球上所有的海域，甚至将一两滴海水（也许还带着色诺芬的兄弟情谊——这自然是我的想象）送到了千里之外的卡迪根湾——我写这篇日记的时候，正透过窗户眺望着那里。

第 31 天

家庭生活场景！以下是我进入老年后发生的 12 件事，其中有的大有的小，有的是亲身经历的，有的是听人复述的：

（1）女儿诉苦，她的房屋工程草草做了一半便停工了，她说的时候眼泪都要出来了。

（2）儿子坦言，他的婚姻遭遇危机，我能察觉他话里的绝望。

（3）孙辈说，他要宰了那个发明家庭作业的人。

（4）儿子在西班牙的阿普哈拉山区开办了诗歌和音乐节，他寄来了纪念明信片。

（5）儿子寄来了一张角鸮的照片，这是他在加拿大亚伯达省的花园里拍到的。

（6）女儿寄来了她在肯尼亚拍摄的动物照片。

（7）孙辈寄来了他在英国朴次茅斯港拍的水下照片。

（8）儿子在厨房桌子上留下了一份美味的意大利肉汁烩饭，希望让我们家的晚餐更丰盛。

（9）非常小的孙辈敲开了我们家的门，给我送上了她亲手做的漂亮蛋糕。

（10）大一点的孙辈说，她的新学校让她喜出望外。

（11）一只橘猫不知从哪儿溜进屋里。它和我们家一点关系都没有。

（12）儿子突然在傍晚的暮色中前来拜访，他只想看看我们是否安康。

这就是日复一日的生活事件，有的好，有的坏，有的开心，有的悲伤，我们一代代人都逃不脱这一切。

第 32 天

一首感人的诗，写给星期一早晨——

要知道，在威尔士北部住着

两位老人，她们正在变老；

坚定顽强有主见，两位女士

眼看着直奔天堂或地狱；

她们发誓永远在一起

福祸与共，生死相依。

彼此相爱，是她们的仰赖；

所到之处，都有爱相随。

要是一人翘了辫子

另一人只得说，"讨厌！"

（"我×"这话可说不出口，我们两人可都是淑女呢……）

第33天

好几年前，我在英格兰的一个乡下小镇上看见街对面有一个我很早以前在非洲认识的老鳏夫。他提着一个购物袋，正心急慌忙地翻检什么东西（我想多半是他的购物单），然后跌跌撞撞仿佛看不清道，进了旁边的一个超市。这景象让我感触颇深，因为我认识他的时候他正值盛年，担任大英帝国一个殖民省份的总督，掌管着十万人的命运。

在他身上，我看见了历史的寓言——这寓言象征着一种意识形态的终结，一种悠久信念的衰落；然而我所感触的还不是这一点。当时当地，我想到的是，我预见了亿万人的悲剧：我们所有这些人都被迫像莎士比亚笔下的奥赛罗一样，承认我们生命的意义已然丧失。对奥赛罗来说，生命的意义是征战，但对我们大多数人来说，生命的意义远远不限于通过尽量做好工作来获得一点满足感。我以前写到了的里雅斯特，我很爱这座意大利城市，但是很不幸，它已失去了它的意义；一位读者来信说，他曾是一位忙忙碌碌的商人，但已退休，我正写出了他的现状。

我们难道不认识这样的人吗？兢兢业业的老师没有了学生，建筑工人没有了订单，律师没有了辩护状，店主没有了商店，医生没有了病人……当然，他们很多人的确也享受退休时光，从此可以履行家庭责任或追求创造乐趣，可是在我看来，似乎在宗教信仰之外只有一样无形之物能够让我们快乐地度过晚年，那就是艺术。艺术本身是无限的，它能创造新物也能抚慰人心，它可以是主动的也可以是被动的。它来自空无，却产生了大千世界；艺术无所不知，它是欢笑，是怜悯，是谜，也是美；不管我们是创造艺术还是欣赏艺术，我们都能平等地拥有它；只要举措得当，艺术就能满足我们所有的感官。

对于我那天碰见的前帝国主义者，我倒是希望，等他回了家，做了家务，完成了生命的意义后，能写一篇回忆录，或者至少用留声机听一曲莫扎特。

第 34 天

我有个自娱自乐的小技巧，甚至全国国民都可以拿来用呢。我是个车迷，每次我在停车场里看见一辆有趣的汽车停在近旁——不管是轰轰低响的捷豹、阿斯顿·马丁，还是挂着空档的运动型敞篷汽车——我马上从我的老本田里跳出来，跑上前和车主搭讪。不过，当我跑上前，车主（尤其是车主的夫人）往往用厌恶的目光看着我，因为他们可能以为我会来一套说教，说他驾驶时过于自私，或者停车未经许可，或者俗不可耐地炫富，或者其他一千种要么官僚味十足要么"政治正确"的说辞。我能预见，车主一边准备下车，一边在心里想好了各种不满的反驳，为自己开脱。

其实不然，我想说的只是："我想要你的车，我拿我的车来换。"这个小小诡计能带来多么愉快的回应，你简直想象不到：车主先是松了一口气，然后因自己的车感到无比自豪，对我这种厚颜无耻、自作多情的要求一笑了之。我和车主在哈哈大笑中像老朋友一样互道再见，随后我发动我的 R 型老破车，哼哧哼哧地开出停车场。

第 35 天

统计表明，在英格兰的伯明翰，58~90 岁的人中 89% 患有内生脚指甲。

统计数字有时令人忍俊不禁，有时叫人悲从中来，有时极为可疑，就像某种广告，有时纯粹出于政治目的。然而统计数字最让人头疼之处在于，不管它们看上去多么荒谬，它们仍有可能是真的。伯明翰的那些老年人里，可能真的 89% 患有内生脚指甲，而你我完全没有办法去证实。

向公众发布的权威消息，理所当然也是得到统计数字支持的！比如统计表明什么国家、省份、地区或年龄段的人是最快乐的（也许大家还记得，1945 年，90% 的纽约人认为自己很快乐），统计表明牙医最推荐哪种牙膏，学术调查表明爱德华·希斯[1]是"二战"以来表现倒数第五的英国首相，等等。亚洲婴儿长大后

1　爱德华·希斯（1916—2005），1970—1974 年任英国首相，曾推动英国加入欧洲共同体。

患有肠道缺陷的比例是多少？萨鲁基斯坦[2]政府在大选中获得多大比例的多数票后留任？（99.5%）雌性沙鳗的平均寿命有多长？（28 年 3 个月）

其实我对最后一个问题的答案也不十分确定——我可能把沙鳗和骆驼搞混了。但是我把我的意思说清楚了。在我看来，统计、调查这类东西不但给我们的生活带来了烦恼，而且根本就是左右了我们的生活；对这类东西虽然"信则有，不信则无"，但我认为它们是一个社会或文明中正在失去互谅互让精神的一种症状。

我今天傍晚开车回家，一边思考着这些烦恼，一边心里想：哎，这世界历来就这么无趣。这时，从收音机里传来了戴安·瑞芙[3]在罗梅洛·鲁本波的吉他伴奏下演唱的《那该死的梦》。还记得这首甜涩参半的歌吗？听到这歌让我很开心，很振奋，我在我的内心统计中给它打了 98.5% 的评分，不过我敢说，要是在尼加拉瓜北部，评分肯定是 100%。

你相信谁呢？

2　无此国家，作者可能是拿巴基斯坦开玩笑。

3　美国爵士歌手。

第 36 天

　　来了访客，是一位谈吐有礼的蓄须老人，与我素昧平生。他随身带了一沓纸，说想给我念一下他写的诗，我就请他进来，让他念给我听。念完后，他问我有何感想，我说，我对诗歌实在是不擅长评判，而且第一次听也难以理解，但这诗明显有一种力量在里面。于是，他送了我一份副本，和我交谈了一刻钟之后便离去了。

　　这次来访对我影响很大，因为他不是一时兴起，也不是沽名钓誉，他是一位退休的核能工程师，在核电站工作了几十年；我后来细读他的诗，发觉其中隐含了对核能危险性和破坏性的警告，这正是其力量之来源。看来，这位老先生退休后致力于用优美诗歌和理性论述来向全世界宣告核能的危害。

　　他的作品真真切切地感染了我。他让我了解到核泄漏、土壤污染、患病的动物、广岛和长崎、核潜艇、存在缺陷的核电站、未得到利用的潮汐力、裁军和过度军备、战争的目的与和平的希望……

诸如此类，事实上我大部分都已了解，但他创作那么真诚，态度那么儒雅、和善，以至于我在他走后陷入一阵茫然。我送他出了门，然后坐下来读他的诗，并写下了这篇日记。

第 37 天

关于澳大利亚，我有很多话要说呢！很久以前，我发表了对悉尼不利的言论，因此在澳大利亚颇不受待见，不过我已与时俱进，最近以较为成熟的态度写一本书时，我开始发现这片大陆是怎样以它的奇异方式影响了我的。

那会儿在年轻的我眼中，澳大利亚基本上就是个从英联邦分离出来的遥远小国。现在它可是大明星了：澳大利亚电影演员和作家举世闻名，其运动员战功赫赫，其武装力量威名远播，其电视节目已进入世界各地的家家户户。在现代，有哪个人口仅2 100万的国家能达到这等卓越水平？

澳大利亚某些小城镇街上仍能看见丛冢雉[1]悠闲走过，而且澳大利亚的种族记录有不少污点，这确是事实。当然了，哪个国家有底气说自己的种族记录完美无瑕呢？（我无意在此挑起关于政治正确的争议。）

1　用植物和泥土建成育儿巢来孵卵的鸟类，主要分布于澳大利亚、新几内亚、印度尼西亚。

现在说回大城市，我举两个最近的例子来说明澳大利亚官方处世之道。2016 年，澳大利亚邮政在成功投递出一张十年前寄的明信片之后，非常礼貌地为这一耽搁所造成的不便致歉；同年，新南威尔士州议会上院提出了一项动议，将当时竞选美国总统的共和党候选人唐纳德·特朗普称为"令人作呕的蛞蝓"，这一动议得到了一致通过。

第38天

今天早晨，我突然记起了我当兵时学到的一个粗俗而形象的缩写：SNAFU（一团糟）。为了明确这个词的当代含义，我查阅了一份历史悠久、观点平和的伦敦报纸，在国内新闻版找到了如下内容：

一个声名显赫的绅士被控猥亵儿童，他说他要告警方抓错了人；

一个轮奸受害者在案件发生 13 年后出庭见证 8 名嫌疑人被定罪；

科学家从一只老鼠尾巴提取组织，将其转化成卵子，植入另一只老鼠，使后者生了 11 个仔；

一个银行家"把脸埋进女人胸口"，同时哈哈大笑，被拍了下来；

因被控在英国议会大厦内一个派对结束后犯下强奸罪，一个男人受到逮捕；

一个重婚者被吊死，此前，他的第三个老婆发现他在追求第四个对象；

一个骗子向一个 78 岁老太太许诺"终身关怀"并承诺在威尔士为她提供一间木屋，说待她会像待自己祖母一样，骗走了她的毕生积蓄 7.5 万英镑。

"可怜的老太太！"我几乎可以听见我过世的老母亲低声嘟囔，"人类这是怎么回事了啊？"老母亲呀，你还不领行情呢，等你看到国际新闻版，还不要晕过去！你看，这伟大的报刊上，仅仅一天就有那么多堕落、悲惨、腐败、残忍、贪婪和冷酷之事，魔鬼撒旦本人看了都要战栗不已呢。你也许以为有关战争和疯狂的恐怖报道已是糟糕至极，但我个人觉得最变态的是有关朝鲜一个动物园里一头雌性黑猩猩的报道：这头黑猩猩被训练成了一个大烟枪，它一天要抽一包烟，甚至还会自己点烟；大批游客兴高采烈，笑着看它吞云吐雾。

"好吧，你厉害。"老母亲可能会这么说。（要知道，在"一战"中，她唯一的兄弟死于非命，她的丈夫则惨死于毒气。）

第 39 天

对老年生活心生抱怨，这再正常不过了。我就是这样，我常常对老年生活的悲惨之处大发牢骚。不过，年纪大也有年纪大的好处。你还记得吗？英格兰有一位天才演员，他发现他善于扮演年老角色，便把他对外宣称的年龄改大了，这一伎俩直到他死后才被发现，但并没有伤害到任何人，反而让他的崇拜者们莞尔一笑。可惜呀，我的年龄太明显了，而且人人都知道，不过既然我没法将年龄用于专业目的，我也免不了利用我的年龄来达到一些个人目的。

哎呀，现在想起来，我有多不要脸啊！我就像一个优雅的公爵夫人，坦然接受别人为我开门、伸手搀我、让我插队、帮各种忙以及因为我年老体衰而原谅我。这是因为我已经 91 岁了呀，91 岁仿佛到了一个门槛：90 岁是某种里程碑，而 91 岁意味着新的特权。"91 岁权利"现在成了我的事业，我还为之写了一首宣传歌：

老人通晓一切，

老兵通过考验，

他们有经验，不受干扰。

向这些英雄欢呼！

月亮在太阳面前失色，

在 91 岁老人面前，

所有人都要下跪或赶紧

为他们开门或上子弹。

91 岁！91 岁！

为 91 岁老人开门！

（全球版权：拉纳斯蒂姆杜伊，威尔士）

第 40 天

我认为我早已跨越了偏见的藩篱。我绝不歧视别人，不管他们是白人、黑人、黄种人还是棕色人，是基督徒、佛教徒、穆斯林还是无神论者，性格浮夸、鄙俗、无趣、高傲还是鲁莽，爱好足球、板球、吸毒、抽烟还是爱开玩笑，偏向极端女权主义还是大男子主义，生来蠢笨如牛还是冰雪聪明，抑或是缺乏幽默感到了神憎鬼厌的地步。

但是我必须遗憾地承认，我有时候发现我歧视肥胖症，这让我十分羞愧。我明白肥胖症是由多种因素引起的，包括生理因素和心理因素，也可能是遗传的或环境造成的，可我总是自然而然地将肥胖症的原因推断为贪吃。

这确实非常不公平，而且我怀疑，有时甚至会令肥胖者怀有一丝傲慢态度（当然是可以理解的）：他们知道像我这样的人是怎么看他们的，而我对此十分抱歉。可是也没办法呀，这是我唯一歧视别人的地方。

万幸，还有一条令人宽慰的"例外条款"：所有我遇见的肥胖者，他们的子女看上去都是乐观开朗的人。万能的上帝，让现在这可恶的肥胖只困扰一代人吧；以你的慈悲，让这些好孩子长大后只不过有点圆润粗壮，同时拥有明朗的笑容和人见人爱的性格。

第 41 天

　　事实还是虚构？作为一名写作老手，我并不认为两者有什么区别；在我的作品中，两者千丝万缕地混杂在一起，而且我想别的作家大多数也在不同程度上穿插了事实与虚构。关键在于，事物不存在绝对的真理，只取决于我们怎么看而已。以前几个世纪以来，人们将"地平说"视为颠扑不破的真理；那天，我读到了科学普及知识，才知道宇宙比以往参考书上写的要大几百倍，甚至几千倍。一些人认为是真理的，另一些人不这么认为；现在大家认为是真理的，今后未必——反之亦然。试想，几个世纪过去了，还有人不承认上帝存在呢！

　　我也要坦白，我有时写的东西明显是虚构的，也绝无变成事实之可能。很久以前，我写过一个故事：著名的夏尔巴登山者登津在一次国宴上品尝特级红葡萄酒后身心舒爽，当时我也在场。这完全是个虚构的故事，因为我最近翻出那次国宴的菜单才发现，宴会上只提供勃艮第葡萄酒。还有一次，我颇为浪漫地回忆起了澳大利亚的一个傍晚，当时悉尼歌剧院的帆形屋顶向天空飘飞，仿佛一曲祝福。我后来意识到，歌剧院是飘不起来的，因为它当时还没有建成呢。

然而，对于那种更为微妙的、蕴含在个人经历中的真理，我要坚决捍卫我将其写进作品的权利。我从一幅画、一个地方、一张脸或一桩事件中看见的，未必就是你所看见的。我所记录的是我的真理。读者有时对我的抱怨令我十分焦躁，他们说，"你在书中对牛津（或的里雅斯特、罗克渡口[1]、肯塔基赛马大会）的再现与我记忆中的全然不同"。我总是想这么回答，"当然不同！写书的又不是你！我的想法又不是你的想法！"

事实上我绝不会这么说。我知道他们是什么意思，这帮蠢蛋。

1　位于南非。1879 年祖鲁战争中爆发了著名的罗克渡口保卫战，英军成功击退人数占优势的祖鲁军团。

第 42 天

因不能及时交稿，我昨晚没睡好，进入了一种半梦半醒的状态——这是我为了写思想断章而练出来的技能。

我依稀梦见，我像宇航员一样，从太空中俯瞰整个地球，并慢慢接近以分析其状况。地球总体环境由上至下逐渐恶化，大气层普遍污染，海洋污秽不堪，野生动植物濒临消失。再下一层，我怀着恐惧得出结论：随着种族主义和仇恨蔓延，从淹死在海里的难民到核武器的威胁，从饥饿、暴行到纯粹的偏执，同室操戈似乎已成为人类的永久境况了！接近地面，我看见了什么好事？席卷所有国家（不管实行的是民主还是专制），到处造成苦难的，只不过是政治狂人的野心、金融大亨的贪婪、社会道德的堕落和动荡不安的困境！

终于，我抵达我心爱的祖国，回到我的朋友们中间，重返我甜蜜的小家。我当即忘了那篇交不了稿的文章，翻了个身睡着了。

第 43 天

　　"回家啦，詹姆斯，快一点！"在我还叫詹姆斯的时候，这句话多年来一直追逐着我，也让我感慨，在我那时候时兴的话，现在还有多少能用，还有多少被人记得啊。"回家啦，詹姆斯"已被收入词典，这很出我意料，据传维多利亚女王这样招呼她所青睐的一位马车夫。不过肯定还有很多别的吧？特别是在广播电视发展阶段，从娱乐业或美国传入的时兴话，肯定也进入了我的语言。这些现在还有人用吗？

　　我要是对我的 12 岁孙女说，"回头见（See you about, trout）"，她也许会回答，"天天见（See you later, alligator）"，可我要是对路人说，"回见（Cheerio）"，他多半不会回答"嘟嘟（Pip, pip）"，后者是我年轻时的流行语。还有"对极了（spot on）""赶紧的（step on it）""超级（super）"以及作为赞叹语的"奇才（wizard）"。这些都已消失了，正如我所猜想的，不过我刚才查《牛津英语词典》，里面还说"奇才"虽然属于过时词汇，但仍表示"棒极了"之意。

流行语消逝了，随之消逝的是面对新事物、新想法的兴奋之情。昔日厨房里的高压锅哪里去了？从多佛到加来[1]，一路上劈波斩浪的气垫船，曾被看作工程学的杰作，现在哪里去了？拍立得照相机拍出的照片，不久以前还被视为现代社会的奇迹，可现在只能在人们遗忘的抽屉里慢慢变黄；"天空的王者"协和式超音速客机的宣传卡牌和文具，曾经那么美轮美奂，现在只能静静积灰。我担心，不久以后，标点符号的大师、个人风格的先锋——惊叹号——也要和我们说再见了。

永别了！！！

---

[1] 多佛和加来分别为英法两国隔英吉利海峡相望的两个港口。

第 44 天

　　怀旧是一种值得玩味的心理。它会使人不思进取,这我明白,但它也是惬意愉快的,尤其是对一个达到法律责任年龄的人来说;我就常常沉湎于其中不可自拔。

　　恍惚中,我度过的岁月、去过的地方一一浮现在我的眼前;我记起了早已忘却的事件,看见了不再熟悉的城市,甚至想起了失落的气味和隐藏的情感。怀旧的乐趣之一就是追逐记忆。记忆啊,记忆!记忆有时模糊了,但有时又清晰了;脑海中的联想,有时已遗落到深处了,也会被重新拾起来。就在今天,我脑中忽然蹦出一个早已遗忘的名字——只有一个名字。我都忘了怎么拼了,更别说念出来了,但它立即让我想起很久以前在埃及的一个营房,我和来自世界各国的记者一起,报道某次中东危机,这名字还让我想起了某一段音乐,是当时的一首流行歌曲——啊,是《命中注定》,和我一起纵声欢唱的那人还肆意改了歌词。那人是——是谁啊?啊,想起来了,内特·波利维茨基,这就是他的名字。他属于美联社、合众国际社还是法新社?此时此地,我能在遥远时空的这一端，看见几十年前挥洒自如的他。我们那时是多么逍遥地欢笑，多么畅快地歌唱！

　　这就是怀旧的魔力。啊，内特·波利维茨基，你还在吗？能否再次与我共唱一曲老歌？

第 45 天

鸟儿是怎么回事？它们一天到晚在忙什么？它们如何控制飞行航向？它们的目的是什么？谁在指挥它们？我完全一头雾水。

今天早晨，我走到我家附近一个潮汐形成的草滩旁，那里一半是草地，一半是咸水塘，在那儿我看见一大群加拿大大雁和几只黄嘴天鹅在草丛中啄食，个个争先恐后。午饭后，我又去看了一下，哟！原来挤挤挨挨争着啄食的鸟群现在一只都没有了。

它们去哪儿了？谁命令它们离开的？它们又是从哪儿来的？为什么来这儿？谁控制着它们？为什么？

我也不想知道答案。它们能来这儿，我当然十分开心；它们排着优雅的 V 形雁阵，千里迢迢飞越大陆，光临我们这个小小角落，简直让我受宠若惊。据我所知，一代代的专家学者经过多年研究，仍不能揭开鸟类生物性之谜：鸟类为什么能够记住漫长的迁徙路线？鸟类为什么能够知道何时改变航向？我家外面电线杆上五六只乌鸦为什么突然决定一起飞走？

我曾在澳大利亚的一个剪水鹱栖息地，观察这些小水禽在夜幕降临时丝毫不差地飞回各自巢穴里：没有一丁点犹豫、踟蹰，它们只是猛地一下俯冲，就从空中落到沙地上，钻到地下。剪水鹱最有名的特性之一就是，它们有一部分时间是在威尔士度过的，这让我深感自豪。从我家就可以远远望见一个名为"伊尼斯·恩利"的小岛（英语中称为"巴德西"），它是历史记录中最长的鸟类飞行迁徙路线的终点：据过去 50 年来的纪录，一种马恩岛剪水鹱每年在卡迪根湾和南美海岸之间飞行 100 万英里，相当于地球到月球往返 10 次。

要问这一壮举如何完成，岂不太过唐突？还是让这些大大小小的鸟儿，不管它们对人类友善还是冷漠，都保有它们自己的秘密，叫那些愚蠢的人类继续目瞪口呆吧。

第 46 天

　　令我感到欣慰的是，我常常走神。威尔士语中称走神为 hiraeth，词典解释为"期盼"，但这个单词在历代威尔士诗人的作品中具有更广阔的含义。14 世纪威尔士伟大诗人戴维斯·爱普·格威林将 hiraeth 描述为"记忆之子""意图之子""悲伤之子"和"陶醉之子"。对我来说，偶尔走神是件幸事；在我每天的例行锻炼时曾有过两次走神，让我得到了一瞬间的领悟——自身和他人的未来终将光明——时间虽短，却令人信服，然后世界又在我的身边运转起来。

　　这不，今天我在车道上走路锻炼的时候又出神了一次。我停下来欣赏清晨的美景：湛蓝的天空点缀着柔和怡人的白云，一架飞机飞过，留下了两道尾迹浪漫地向西方延伸；远处的群山上，轻轻撒了一点雪；不知从什么地方，传来了白嘴鸦的嘎嘎叫；五十九只绵羊（我数过了）四散在派瑞家的牧场上[1]。灵光一现！

1　爱尔兰诗人威廉·巴特勒·叶芝《柯尔庄园的野天鹅》诗中有"盈盈的流水间隔着石头，五十九只天鹅浮游"之语。

走神了！

我回到家，收到了一封来自美国的电子邮件。发邮件的朋友认为历尽劫难的美国经受着严重衰退，"正一头栽向深渊"，这一切惨状令他十分绝望。我马上回信宽慰，"未来将是一片光明"——这正是"陶醉之子"让我领悟的呀。

第 47 天

昨晚，在威尔士的崔芬·莫里斯老宅，我们欣赏了"焚书"。

"焚书"这个词是否让你感到不寒而栗，脑中浮现出恐怖景象？火光中人影憧憧，摇曳跳跃？暴虐欺压、冥顽不化、思想恶毒及其带来的各种可怕后果？在任何地方，焚书象征着破坏人类头脑的神圣自由，其在崔芬·莫里斯老宅是一种不可饶恕的罪行，想必很多年前在德国柏林也是如此吧？

但是请等一下。为焚书开脱，我能想出更好的理由。昨晚在崔芬·莫里斯老宅，天气极冷。待天色全黑时，我才慌乱地发现，挪威式壁炉的柴火不够了。我们一个个都开始打冷战，壁炉似乎在抱歉地看着我，怎么办？我有些同事出的书已被译成五六十种语言（至少宣传是这么说的），这真令人羡慕，我可没那么命好；我的书也曾被译成几种语言，每次出版商往往大度地给我四五本样书，供我个人消遣，而我只取一本放在我的"作品集"中，以供客人瞻仰以及我私下炫耀，其他的就送给来这个威尔士偏远角落拜访的法、意、德、西等国客人，作为他们本国语言的纪念品。

然而我还剩许多这样的外语译本，这些文字不但我读不懂，而且对我的朋友、邻居、日常访客，乃至兰尼斯坦德维周围100英里以内的所有二手书商、慈善义卖店和公共图书馆来说都是毫无意义的。这些无人赏识的书，虽然装帧华美，但里面满篇都是不可索解的字母和符号，只在封底印着一张我咧嘴傻笑的照片证明这是我的作品；所以，它们都成了语言差异的受害者，只能被堆放在一个写着"待处置"的黑色塑料箱里。

就这样，昨晚冷风呼呼吹着，猫头鹰唬唬叫着的时候，这些书被从箱子里取出，遭受了"焚书"的厄运。它们熊熊燃烧，在我眼前灰飞烟灭的当儿，我为它们哀悼；今天早晨，它们在炉栅后的灰烬虽已冷却，但仍用我听不懂的语言谴责我。

第 48 天

在我图书馆收藏的所有韵文选集中，最能让我心情愉快的是美国编剧多蕾西·菲尔兹于1928年所作的一小段歌词（据说来自她的亲身经历，当时一个纽约人带着女儿欣赏蒂凡尼的珠宝橱窗，对女儿说的话被她听到）："哎呀，宝贝，我也想给你买这闪光的玩意，可是我能给你的，只有我的爱在心底。"

我认为这则逸闻包含了所有的完美细节，尤其是它让人联想到吉米·麦克修所作的朗朗上口的旋律（我还能用口哨吹出来呢）；这位手头拮据的爸爸所用的口头禅（"哎呀，宝贝""闪光的玩意"）以及背景暗含的社会状况（20世纪20年代的大萧条）和美式文化（在1931年的一部动画电影中，米老鼠和它的女朋友米妮以这首歌表演二重唱）给这则逸闻增添了时代特色。

这样的歌词只能出自美国，而且还是出自一个特定年代的美国，那时的美国尚未真正腾飞，尚未遭受幻想破灭的痛苦。多蕾西·菲尔兹逝于1974年，我曾有幸与她会面；《美国谐趣诗牛津指南》没有收她的作品，这让我深感遗憾。不过，2009年贝拉克·奥巴马就任美国第 44 任总统时，在演说中引用了菲尔兹的不朽诗句；当然，不是"我能给你的，只有我的爱在心底"，而是"我们必须振作起来，扫除我们身上的尘土"。

第 49 天

一 时 兴 起

今天早晨，我吃早饭时，收到了一封来自国外的亲切邮件。看来，我的一位老朋友刚刚在报纸上看到我写的一篇文章。他在邮件中说，他刚离开仰光，正坐在新加坡樟宜机场的转机通道内，等候去伦敦的航班，身边都是哭闹的小孩和毫无疑问已筋疲力尽的妈妈们。这场景我太了解了啊！这位朋友在阅读了我的速朽文字后，立即用他的 iPad 给我发邮件表示赞赏。

人的自发性真是了不起啊！这位朋友在当时当地受冲动驱使便给我写了邮件，促成了这次有爱的通讯，这"一时兴起"对我的意义尤为重大。在我看来，事先准备的恭维是极其虚伪的，除非是政客假仁假义排演的俏皮话或者婚礼伴郎祝词中的插科打诨。就连很多专业滑稽演员也是有笑话指南或助手的，他们的表演在我看来实在是太假了；只有真正的喜剧大师，而不是常见的电视小丑，才能真正展示逗哏捧哏的绝活。

言归正传。我吃玉米麦片的时候收到了这封令我十分开心的邮件，然后花了半小时构思怎么回复，但最后还是决定简单写上："承蒙抬爱，不胜感激！见字如晤，纸短情长。简。"

第 50 天

"现在，让我们赞美名人。"[1] 这是谁写的？为什么这样写？我的感觉是，太多的名人转瞬间就被公众遗忘，其中有些实属活该……

六七十年前，我还是个年轻记者到处跑的时候，我把我遇到过的名人的照片贴在一本剪贴簿里面。现在我把这簿子又拿出来看，一共有 50 位名人（只有一位是女性）留在发黄的照片或卡通画上：政治家、统治者、各行各业的巨头以及一些文体界人士。我倒是纳闷，这些人现在还有多少仍然有名，又会有名多久呢？

英国女王当然是有名的，这是其职务决定的：直到世界末日，她还是英国女王伊丽莎白二世。一两位美国总统也是如此。T. S. 艾略特和华特·迪士尼当然也永远活在公众记忆中。可是那些名噪一时、红得发紫的人呢？那些卢切家族和奥纳西斯家族、穆萨

---

1 《现在，让我们赞美名人》是由詹姆斯·艾吉（James Agee）撰文、沃克·埃文斯（Walker Evans）摄影的散文体史诗，1941 年在美国出版。

戴克斯博士、阿布杜拉王储、谢匹洛夫？说真的，这个谢匹洛夫是谁？肯定在当时是赫赫有名的人物吧，不然不会出现在我的剪贴簿上，但他生前的声名多半已如浮云般消散。

又及：教导我们"赞美名人"的是《德训篇》[2]（并非《训道篇》）的无名作者，他们中就有该篇第 44 章所表彰的"调音诵诗之人"。

又又及：我没有受到肯尼迪总统接见，但我参加了他的一次政治集会，并在给《卫报》的报道中说我本能地预见他将不会变老。[3]很遗憾我没有遇见莱昂纳德·科恩[4]，但我曾碰到过他的母亲。

又又又及：你以为我在瞎扯淡？那又怎么样？

2　圣经次经（又称第二正典）中的一篇，较少有人知道。后面《训道篇》为《旧约》中一篇。

3　美国第 35 任总统约翰·肯尼迪于 1963 年 11 月 22 日遇刺身亡，年仅 46 岁。

4　莱昂纳德·科恩（1934—2016），出生于加拿大的音乐家、小说家、诗人。

第 51 天

（一）

日记已经写了近 7 个星期了，这相当于完成了半个世纪的板球比赛啦！[1]今天，我要向人类的进步致敬。我们让世界无法承受[2]，真是天晓得，不过新时代有一样工具在我看来是极好的：平板电脑。对我来说，平板电脑不仅是生活必备，而且是天降恩赐；我甚至建议，政府应当下令给每个公民（尤其是监狱中的囚犯和天生孤僻的人）配备一部平板电脑供其毕生使用。

想想吧：昨天我想核实一个很少有人知道的《圣经》出处，在我的牛津参考书里查不到；结果，我轻而易举地用我的 iPad 查到了，不但有出处，还有各种间接引用；我坐回书桌之前，又毫

1　板球比赛以赛程漫长著称。

2　这一句出自英国浪漫主义诗人威廉·华兹华斯（1770—1850）的十四行诗。

不费力地欣赏到了丹尼尔·巴伦博伊姆[3]于20世纪50年代在某个宫殿里弹奏贝多芬奏鸣曲。同样是举手之劳，我可以看已故魔术师汤米·库珀的喜剧表演，玩一局纸牌游戏，查一下怎么用山羊奶酪做开口馅饼，征询一下世界一流医生关于尿频的诊断，或者（因为担心尿频）在网上捐点钱以供建造救生艇。

世界当然还是能承受我的，并不像华兹华斯诗中所描写的那样悲惨，而是为我提供了这样无与伦比的生活用具；这是华兹华斯之后的技术革命中孕育的发明，华兹华斯要是有知，他也会作诗欢唱的吧！想想吧：对于卧床的病人、孤独的人、狱中囚犯，甚至是感到人生无聊的人，平板电脑会给他们带来多大的快乐啊！在我眼里，平板电脑是人类进步所带来的真正让人们开心的工具之一，它也预示着幸福和作为终极抽象概念的善良本身。

（二）

晨间打油诗——

自觉笨又蠢，

写作无心思；

查书全白费，

3　出生于阿根廷的钢琴家、指挥家。

日记扔一边。

P. G. 沃德豪斯[4]

成整晚消遣。

4　P. G. 沃德豪斯（1881—1975），英国幽默作家，作品有小说、戏剧、诗歌等。

第 52 天

　　那天，我收到一张贺卡，上面的图案是两只黑白猫和三只花斑猫，五只小猫排排坐。我常自命"荣誉喵星人"，现在看着它们的时候，这些小猫眼中的神情真让我如痴如醉呢。那两只黑白猫就像毛茸茸的卧室拖鞋，看上去那么乖巧，眼里带有几分漠然、满足和善意，倒是和遍布英国街头的电子眼有点相似。那三只花斑猫的眼里闪烁着既忧郁又热切的神情，也许还带有一分野性。我全家已养过好几代猫了，我们在尼罗河上的住家船上养过无法无天的暹罗猫，还养过体壮如牛的多趾猫（就是海明威在基韦斯特[1]养过的那种）。当中有一只，回头看我的神情很特别——仿佛它与我是同类。它是一只挪威森林猫，这个品种直到最近才受到承认，此前一直被当作农场土猫。我根据它的来源，将它命名为"易卜生"；我还曾去过一次挪威，专门为了见识一下挪威森林猫是怎样在农场里工作的。"易卜生"体格硕大，相貌堂堂，性格

1　美国佛罗里达群岛西南端小岛上的城市，那里有海明威故居。

和善；终其一生，我都将它视为朋友和同事。

"易卜生"死后，我家不再养猫，但我常常想起它。每当我经过一个半掩在树叶后的交通指示牌时，就忍不住轻笑，因为这块牌子几个月来徒劳无功地向来往车辆发出警告。

交通指示牌上写着："注意！猫不得进入。"

第53天

"我要拼了命试一试"

在我看来，流行语或奇特引语比国歌更能表现一个民族的性格。"从大海到另一片光辉的大海"[1] 这一句就完美地体现了美国土著民族的豪爽大气，而"我是个扬基佬公子哥"[2] 则展示了美国人的趾高气扬。"奋进！奋进！"成了《马赛曲》的标志性选段；当玛蒂尔达跳起了华尔兹，谁还会为《前进，美丽的澳大利亚》而心动？[3]《丹尼少年》[4] 对我来说就意味着爱尔兰，而一曲《莉莉·玛莲》[5] 则把我带回"二战"的柏林。我也知道，在

---

[1] 来自美国爱国歌曲《美丽的亚美利加》。

[2] 来自美国爱国歌曲《扬基歌》。

[3] 澳大利亚民谣《跳华尔兹的玛蒂尔达》常被称为"澳大利亚的非官方国歌"，而《前进，美丽的澳大利亚》是正式国歌。

[4] 爱尔兰民谣。

[5] "二战"时期著名的德国歌曲。

有些人看来，刚朵拉船夫高歌一曲《我的太阳》就代表了意大利。

至于英国，有两句话在我眼里比《天佑女王》更加凸显国民性格。一句是"好有乐子，我们上吧"，这是"二战"中风靡一时的流行语。另一句要追溯到1916年灾难性的加里波利登陆战[6]，当时英国准将亨利·纳皮尔乘坐登陆艇接近赛德艾尔巴海滩，而海滩上早已死伤无数、一片狼藉，还被土耳其机枪封锁。

"撤退吧，长官，"士兵们喊道，"撤退，不可能登陆的！"

"我要拼了命试一试！"准将的回答成了彰显英国精神的名言。他在成功登陆前英勇捐躯。

---

6 "一战"中著名的加里波利战役，1915年英法军队试图攻占土耳其的加里波利半岛，因无法取得战果，翌年撤退。

第 54 天

来自纯真的远古

拿起一份报纸，我就知道托马斯·罗兰森[1]贡献颇多。我刚查到，罗兰森逝于 1827 年，他是他那个时代的著名插画家和肖像画家，但他对后世的最大影响是在漫画上。我认为，英国政治漫画今日的堕落应归咎于罗兰森。英国政治漫画在不久以前还辛辣犀利、画风精美、可读性强、切中时弊，而如今，在我看来，罗兰森的遗风已不复存在。罗兰森的技法将精细的画工、构图与当时令人惊异的粗糙质感结合起来，达到了一种"讽刺大于闹剧"的微妙平衡。

可惜的是，两个世纪后，他的徒子徒孙太过发挥他的粗糙一面，以至于今天的英国政治漫画，哪怕是评论当代历史的重大事件或不幸意外的，都充斥着奇形怪状的东西，还有各种放屁和光腚——要知道，这些在纯真的远古是另有意味的呢。

当然了，我要是不喜欢那些漫画，扔了就行了，对不对？

1　托马斯·罗兰森（1756—1827），英国画家。

第 55 天

没什么特别缘由，我从记忆深处找到了一首我多年前写的短诗；这属于作弊，我明白，我就是忍不住。这首小诗名为《猪之韵》，现在仍能逗我开心呢：

母猪哼哼唧唧，对三只小猪说：

来吧，洗洗你们蹄上的泥，

要是你们乖，我们瞧瞧！

今天也许有一桶橡子馊水当午茶！

馊水！小猪说，橡子馊水，哦哟！

你这傻乎乎老母猪，只有这些？

母猪哭诉：在我小时候，

一桶馊水就是大餐！

过生日或表现好才能享用！

小猪说，有啥了不起。

（版权所有：简·莫里斯，1984 年）

第 56 天

"第一次"的经历是多么顽强地留驻在我们的记忆里啊！我说的不是第一次相爱、第一次死亡或第一次看见上帝显灵这样的重大开端，而是生活中第一次发生的琐碎小事。其中一些也许早已被遗忘，但是大多数仍留在潜意识中——当然，经过了那么多年，可能部分受到了记忆的加工。下面就是我这个九旬老人想起来的一个事例：

那时候我年轻鲁莽，手边没有钱，认为高级烹饪及所有奢侈品都是炫耀矫饰。我和我的爱人去法国度假，在上萨瓦省山区的一个小酒店住了一星期。那里有健康的食物、廉价的葡萄酒，气氛舒适，人也和蔼可亲，而且费用几乎为零。"瞧，"我们互相打趣说，"人生如此，夫复何求？"

在那儿盘桓的最后一天，快要出山的时候，我偶然看到一个通知，宣传一个著名的湖边餐厅——很多美食家都曾向我夸耀过。我们必须承认，那个餐厅看上去确实很吸引人。"好吧，"我们商量，"那就去一次吧。"

我们吃了一盘由湖中刚捕捞的小鱼做成的美食，喝了一瓶桑塞尔白葡萄酒，最后是脆卷和咖啡。这顿饭花的钱比我们在小酒店的所有食宿费用加起来还要高。

　　这就是我第一次在一家真正上档次的法国餐厅用餐的经历。我的上帝！我从没后悔过。

第 57 天

在这个全球陷于困顿的时代，大多数人有时会质疑上帝的作为——就连我这样对上帝的存在持怀疑态度的人也是如此。有一个星期天，我在收音机上听见一位基督教辩护者别出心裁地解释，为什么和平的上帝对我们采取了彻底不闻不问的态度。

他提出，原因是这样的：我们所祈求的和平是错误的；耶稣基督所说的和平，指的是上帝的和平，不是我们的和平；上帝的和平是一种完全不同的企望，显然是人类无法定义和理解的，但它仍是包容一切的。

对我这个怀疑论者来说，这倒非常符合我对和平的构想。一劳永逸地解决问题了呀！这个上帝显然需要人们进行定义，需要人们向他忏悔，需要人们对他行礼拜仪式，甚至需要人们以他为名发动战争——要得到和平，干吗去找这个上帝？

很多虔诚的基督徒确实参与了战争，当然那是比喻意义上的战争，比如古代赞美诗中所写的"前进，基督徒战士们"以及宗教仪式的赞歌中所唱的"向战争进发"（这是出于鼓舞人心的良好目的）。

对于这首赞美诗，我做了小小改动：

前进，朋友和邻居们，奔向落日，

我们每个人都是拿钱办事。

我们不需要神学家、瞎扯教义，

不需要军事术语、假装忏悔。

宝贵的，我们一脚踢坏，

文雅的，我们一拳打烂。

绝对的上帝——善良——我们已受够了！

第58天

　　你是否注意到，某些记忆片段在头脑中更为清晰——它们更有意义，更具寓意？对我来说，有一段特别清晰的记忆来自我第一次坐飞机，那是70年前了。想象一下吧！

　　那是一架古老的哈维兰"迅龙"双翼飞机，20世纪30年代制造，在一个阳光明媚的埃及夏日，我搭乘这架飞机从开罗前往亚历山大里亚。我记得那仙境般的机舱，身边全是蓝白相间，要知道我是平生第一次呢！我记得底下是一片沙漠，极远处是蔚蓝色的地中海。而我记得最清楚的是，飞越尼罗河三角洲上空时，两个引擎突然一起熄火了。这一瞬间一片寂静，只有飞机的吱嘎声和嗖嗖的风声。我脑中转过了一个念头：我不会就这么死了吧，沉寂而悲惨地从这清澈的蓝天跌入埃及大地！

　　几分钟之后，飞行员转过头来说，"省点燃油。"然后他重新启动了引擎。这一经历从此牢牢刻在我脑海中。它让我感到反讽、羞愧（我确实被吓到了）和几分喜剧性，并体会到了美——短短一会儿时间，在那样令人叹服的壮观风景中，诞生了那样纯粹的寂静。我现在回忆这段经历，仍然感到一阵超自然的战栗，好像那个飞行员是遵照上级机长的指示来考验我的。我觉得我当时表现怯懦，恐怕是没有通过考验；但是我对这段经历记忆犹新，又加了多重个人感情在里头，也算是能够弥补了吧！

第 59 天

　　对多愁善感的一点思考。昨天傍晚，我取阅了塞缪尔·约翰逊博士编撰的《英语词典》（1788 年第 5 版，红色皮革包装），这套词典几乎是全新的，可是我取出第 2 卷时，又和以往一样看见了书脊处破损的地方。50 年前，我的宝贝女儿从婴儿车里伸出手抠这本书的皮革包装，并把碎片扔到地上，从而大大损害了这本书的价值——这套词典是我哥哥盖雷斯为了庆祝人类首次登上珠穆朗玛峰而送我的礼物。

　　回想起这个，让我百感交集啊。词典的小事故所带来的损失让我苦笑不已，然而我的宝贝女儿苏姬也有了自己的宝宝并给她带来不少损失，让我幸灾乐祸；盖雷斯已于 2007 年去世，他让我既骄傲又感动；当我想起艾德·希拉里、登津、西库姆冰斗以及和珠峰登顶有关的一切，我心里暖洋洋的。把所有这些情感加在一块儿，冷静地审视它们，就令我不得不承认，我是个多愁善感的人。

　　"多愁善感有什么不好？"我听见你这么问，我也赞同你的看法。并不是所有人都这样的；对当今的许多人来说，多愁善感意味着黏糊糊、泪汪汪的伤感，我当然能理解他们的观点，明白他们的意思。我的苦恼在于，他们眼中的黏糊糊、泪汪汪的伤感，在我看来只是多愁善感而已。我承认，词典的小意外曾让我泪洒现场；饱含深情的旋律，比如受到严厉的批评家鄙视的国歌、情歌和爱情小说，往往会让我心潮澎湃。不过，我要为自己辩护，这样的多愁善感是好事。如果你喜欢恐怖电影，不管电影拍摄手法多么高明，大家都不会说你多愁善感；但是如果你崇拜鲁珀特·布鲁克[1]，大家会说你多愁善感；看一部催泪电影被成功催泪，这是多愁善感，但是为重量级拳击比赛中一次凶狠的上击喝彩，这当然不是多愁善感。总之，在我看来，多愁善感确切地说只是感情充沛，这何错之有？伪装的多愁善感，没有某种情感却非要装出来，夸张虚浮、挤出眼泪，这才是要不得的。正如有理智才有情感，有思想感情才有多愁善感。劳伦斯·斯特恩[2]将其小说定名为《感伤旅程》，所言非虚；弗兰克·辛纳特拉[3]告知公众他要进行一次"感伤旅程"，同样所言非虚。昨天傍晚，在楼下书架旁，我感到眼里充盈着热泪，这也是我的"感伤旅程"。

　　顺便说一句，我想在塞缪尔·约翰逊博士的词典中查询"多愁善感"一词的定义，却发现词典中并未收录。

1　鲁珀特·布鲁克（1887—1915），英国诗人，生前才华横溢，被视为英雄。

2　劳伦斯·斯特恩（1713—1768），英国作家，因病去世，未能完成其小说《感伤旅程》。

3　弗兰克·辛纳特拉（1915—1998），美国歌手、演员。

第 60 天

在威尔士，绵羊数量是人口的三倍——这是我在网上查到的，虽然比不上新西兰绵羊数量是人口的四倍，但也足以让我感到某种意义的欣慰了。我并非对绵羊有很大感情，我只是觉得，在威尔士这片绿色的美丽大地上（相比工业区来说就是天堂了），每个尔虞我诈、自私自利、自鸣得意的人都能分得三只"温顺驯良"（如赞美诗所述）的生物。

不过话又说回来，绵羊虽然顽皮、漂亮、天真，确实十分可爱，但它们的成长过程并不总是赏心悦目的。成年绵羊永远在咀嚼草料或反刍，日夜不停，吃了就拉，看上去没有丝毫的进取心，如此直到生命的终点——上帝创造的生物中有比它们更无趣的吗？"温顺驯良"，没错；只要一过繁殖期，它们就完全失去了责任感和生活动力。瞧，它们现在就在我的窗外，三只对我一个，除了吃，什么都不做。

当然，在危害性上绵羊远低于人类，只要它们还是未成年的羊羔，它们就是完美无缺的生物。人和动物都是如此，就连鳄鱼幼崽也是极为可爱的。三只绵羊，一个人——就这样，早间新闻的一个统计数字至少让我欣慰了一次。为什么天真时光那么短暂？老天知道。

第61天

所有生物都是幼年时更具魅力——对这一事实的思考，不但让我苦闷不已，还让我想到一个奇怪现象：从古到今，人类试图让自己看上去不那么老。我知道，很多种生物为了自身安全和捕猎优势，能够伪装其外表，但据我所知，它们并不伪装其年龄（当然了，鉴于自然界中大多数生物都在辛苦求生，各种可能性都是存在的）。

相反，人类——尤其是近年来的女人们——花费时间并运用智慧和创造性天赋来让自己看上去年轻一点——换句话说，就是更具性吸引力。一个例子就是古代肖像画（甚至木乃伊）：人物都被画得更好看了。这样有用吗？埃及女王克娄巴特拉年纪渐长，她化了妆更明艳动人吗？同样，当代的性感偶像使用了天价化妆品，这对她们的外形有提升吗？

我对此表示深刻怀疑。年轻的希望变得更性感，年长的希望变得更年轻，她们在脸上施用各种来自化工产业的化妆品，而我预言，不久以后，这些化妆品全都会过时，以至于人们想起来就会觉得荒谬可笑。我觉得现在许多真正的美女是不施粉黛的，而那些涂脂抹粉的年轻偶像不但看上去品位低劣，而且根本不符合时代潮流。我斗胆为政策制定提个建议吧：趁化妆品还时兴，向化妆品征收"庸俗税"，这些巨额税款可用于行善、推广喜剧艺术以及赔偿那些因动物园被关闭（希望有那一天，感谢上帝）而遭受损失的动物园主。

第 62 天

圣 诞 小 诗

我对圣诞精灵说，

圣诞不适合我，

我吃了太多布丁，

我厌倦了圣诞树。

我知道，精灵回答，

我一直看着你，猜我看到了啥？

尖酸刻薄的老顽固拿着破烂旧书，

没日没夜看着那本无聊的旧书。

振作起来！看看我！

我整天欢笑、跳舞、搞恶作剧，

管他好运厄运，我都快活！

从不抱怨，从不流泪，

尤其是今天，一年的大日子！

你的人生别有滋味，我说，
可我宁愿当个老顽固，发牢骚闹脾气，
要是情况不见好转，我总能
和圣诞老人喝杯小酒，互诉委屈。

第 63 天

　　等你到了一定年纪，你藏书中最让你割舍不下的可能就是旧地址簿了。我不收集藏书票这样的奢侈物，我买每一本书后都在书上写下购书的时间和地点，这样一辈子下来也积累了几千个题签了，比如用墨水笔写的极小的"牛津，1936 年"和用毡尖笔写的较大的"耶路撒冷，1947 年"。这些都在不同程度上令我心有所感。不过，这些题签都已没用了，有用的只剩那些被我不断废弃的地址簿里的信息。

　　地址簿的纸张已褪色，涂改得一塌糊涂，有的是铅笔，有的是晕染的墨水，到处是划掉和增补的痕迹，充斥着无效的电话号码，潦草看不清的街道名、门牌号和邮政编码，过时的婚后姓名，划去的联系人，现在已无法索解的奇怪提醒；有的斜着写，有的干脆倒着，有的是黑墨水，有的是绿色铅笔，埋在这一片混乱中的是我多年来各种熟人的名字。我可以想象，这些名字就像被忽视的病号或者衣衫褴褛的鬼魂一样，紧张地等待着被重新发现、重新使用的那一天。

鬼魂？当然，半数已是鬼魂了。当我看着他们的名字时，他们的脸浮现在我眼前。自最后一次分别之后，W 怎么样了？他度过了怎样的一生？X 是大家都认识的，虽然有各种问题，但大家仍爱戴他。一位老朋友的地址经过了多次变动和修改，这是多么令人感动！另一位老朋友的地址几十年来没有丝毫变化，这又是多么令人宽慰！

　　就这样，检查旧地址簿有时让我大笑，有时让我流泪，有时让我冲向电话拨打一个号码，以确定它是否仍然有效。我想到，在世界的另一边，也许有人闲得无聊，翻检废弃的电话本，心里揣测我的近况——这对我的情感能起到良好的矫正作用呢。

第 64 天

　　这是一次双重忏悔。昨天，我们接待了来访的八位年轻亲戚，并与他们共进午餐。这些快活的年轻人建议去找一家这里常见的海边高级餐厅，所以我给餐厅经理打了电话，叫他等用餐后把账单给我，而不是给客人们。老天作证，我可不是大款，但是客人们是年轻的工薪族和孩子，而我要是由着他们的话，他们准会付账的。这让我感到自己又伪善又有几分可悲。最后，一切顺利，我们对这一餐非常满意（特别是本地贻贝），谈话十分开心（只有一个小男孩明显感觉无聊，后来他出去玩单人足球了），而且喝咖啡时我偷偷溜出去，用信用卡付了账。这顿大餐确实花了不少钱，然而我洋洋得意，不但慷慨解囊，还打算给收银员一笔可观的小费以示对餐厅服务的感谢。

　　不料，收银员冷冷地回答，"小费不能用信用卡支付，只能用现金。"

　　我一时心头火起，便对她撒谎说，"那太不巧了，我没带现金。"然后拂袖而去。这次开心的午餐偏偏有这么个不快的收尾，部分应归咎于餐厅的官僚主义（如果餐厅真有这愚蠢制度的话），但主要应归咎于我本人，所以今天我感到双倍的懊悔。

　　又及：我的孙子山姆曾在一家餐厅打工，他在我离开时向我们桌的女服务员付了现金小费。

第 65 天

　　美国传奇女演员黛比·雷诺兹早已仙逝,但她将与我的一段美好回忆永远联系在一起。她与吉恩·凯利联袂出演 1952 年著名歌舞片《雨中曲》,一举成名,而《雨中曲》也成为经典电影,至今仍能振奋人心。几十年来,她对我来说几乎已成为一种好莱坞的精神象征。

　　我没有见过她本人,但我 1954 年首次去好莱坞时,使她成名的好莱坞电影工业体系正值全盛期。1953 年,我为伦敦《泰晤士报》撰写了关于人类首次登上珠穆朗玛峰的特稿,得到广泛关注,从而也获得了一点国际声名,自己正志得意满呢。因为珠峰登顶的报道,我被介绍认识了许多电影业界人士,虽然没见过黛比·雷诺兹本人,但我现在明白,在某种意义上,我那时接触到的就是她的好莱坞。

　　那时候,好莱坞空气中飘着成功的味道!我一下飞机,就和玛丽·皮克福德喝上了午茶。玛丽·皮克福德是当时好莱坞的当红女星,可算是黛比·雷诺兹的某种早期化身,她住在宏伟的豪宅中，身边围绕着势利眼的助理们；不过她本人倒不坏，我和她在花园里喝茶、吃蛋糕的经历让我感觉她是个非常善良的老派女主人，舒舒服服地享受着她的传奇名声给她带来的一切。同样仙气十足的是华特·迪士尼，《白雪公主》《小鹿斑比》《匹诺曹》的创作者，他当时正计划启动将给世界带来巨大变化的迪士尼乐园。他向我详细解释了他的动画片中花栗鼠是怎么说话的——用通俗的话来讲就是飞快地倒放影片。我遇见了《乱世佳人》艺术指导，他因这部电影获得奥斯卡奖（当时，《乱世佳人》是有史以来最卖座的电影）。他和他夫人带我去当地一家宾果游戏俱乐部，他在那儿赢了一美元。我至今仍记得，当这一美元被放在一个金鱼缸里送到他面前时，他以一种略带腼腆的谦恭态度收下了。他是发自内心地高兴啊！我发誓这些好莱坞名人都是好人，同样，我遇见的技术人员、摄影师、舞台总监、音效师、电气技师，这些可敬的女士和先生，他们都是真正的工艺师。

总之，我爱上了 1954 年的好莱坞，那里有黛比·雷诺兹、《雨中曲》、《乱世佳人》和喋喋不休的花栗鼠，就像我爱上了这些人和这些作品所代表的美国。现在，黛比·雷诺兹已离世，她的美国也已消逝，只有我怀着温情、感激和略带忧伤的崇敬，想念她和她的美国。

第 66 天

昨天我忽然意识到，我原来住在地球上最好的地方。

初冬的傍晚，景色壮美：高耸于穹隆的白云层次分明，背后是绚烂的晚霞，那色彩被撕成了一条条的金黄、淡灰、朱红和深蓝，其间有归巢的鸟儿划过优美的轨迹。

这样的天空背景之下，地上的山水又是怎样的呢？我就欣赏到了，让我叹为观止。南面是爱尔兰海，傍晚正在涌潮，海水懒洋洋地翻滚着，溅起了柔和的水花，旁边是一长串灰蓝色的小山，当中有农场和海岸小屋，一直延伸到卡马森和彭布罗克郡；暮色中看不清楚，但山边就是哈利什城堡的坚实背影，欧文·格林杜尔[1]就是在那里与前来偷袭的英格兰军队作战，至今，威尔士和英格兰双方还在各自赞颂其赫赫战功。

现在转过头来看看北面。这里有更高、更雄伟的斯诺多尼亚山脉，山体横越到格拉斯林的浸水草甸对面的海湾。这里有更黯

1　欧文·格林杜尔（1359—1416），威尔士贵族，1400年起义反抗英格兰亨利四世统治。

淡沉郁的绿棕色高原，夹杂着一块块的板岩；在我心神激荡之时，高原仿佛在演奏庄严的音乐，音符飘扬在斯诺多尼亚的山中，那是众神的所在。这一切风景的核心，你有没有看见？从莫尔温峰旁的裂缝中，在小片树林的那头，冰雪已送来了威尔士冬天的第一缕微光？

你也许认为我对这一美景夸大其词，也许我确实说得太过，不过昨天傍晚我得到的真正领悟并非来自我的眼睛所看到的一切。那并不是某种艺术体验，而是当我站在海湾上方，我忽然获得了确信：我周围的所有这片区域内，直到目之所及的遥远农庄的闪烁灯火，所居住的大体上都是好人。当然有宵小之徒，当然有愚昧群氓，肯定还有十恶不赦的坏蛋，但我在这个地方，在威尔士西北部的人们当中度过了一生；不管生活穷达、际遇高下，我都思考着我的境况，在我看来，这里比全世界任何地方都更充沛地洋溢着我心目中至高之美：善良的本能。

早安！

第 67 天

在一家咖啡馆，旁边人的一段对话让我支棱起了耳朵。一个小伙子对另一个说，"你喜欢黄油酥饼吗？"另一个回答，"可不！"这让我吃了一惊，因为这种热情的口吻好像来自上一个时代，那时人们就是这么接茬的，就和 P. G. 沃德豪斯作品中的对话差不多。我已经好久没听见过这样说话了。更叫我尴尬的是，我意识到 50 年前我就是这么说话的！

民族语言的变迁是极为迅速的，民族的传统习惯也随之变化，人们的口吻和态度就与前不同了。在我看来，英格兰人所称的"标准英语"似乎变化不大，这就是我本人所用的语言。当然，标准英语和英国女王 60 年前所用的语言是迥然不同的。英国女王的早期广播讲话中，她听上去有种说不出来的矫揉造作；这么多年来，她的口音可能发生了变化，这么说来，我的口音可能也变了——我和她是同一年出生的。难道我也曾像她一样说话？难道我也说过"稍等"（wait a mo）、"马上"（half a tick）、"你说得对"（you can say that again）、"顶尖"（top hole）、"棒极了"（hot diggety dog）之类的话？我也说过"可不"（O rather）吗？[1]

据犬子提姆所述，现在大家都不这么说话了，我也是这样；他提出，我在咖啡馆里听见小伙子说"可不"只是我的想象而已。我对他说，"闭嘴吧，别胡说八道了。"

---

[1] 均为过时俚语。

第68天

真好笑！我曾在伦敦《泰晤士报》供职，这个历史悠久的报社当时正值全盛期的尾声，也是我的至爱。现在，我仍时不时地向它投递读者来信，希望以此作为一种辩论的形式。虽然我的来信很少得到刊用，但我在电脑上都保存了，下面就是其中几封：

编辑大人：如果学校课程中真要新开"无神论"这一课的话，我建议，能否再加上"不可知论"？第一课，神学理论："我们不知道。"第二课，普遍道德应用："做人要善良。"

编辑大人：乌拉！你们终于做到了！今天的插画中完全没有被囚禁的动物！

编辑大人：受到贵报"世界城市可爱程度排行榜"的影响，最近一次去伦敦时我也做了我的小小调查。我在伦敦待了两天，共与 28 名陌生人说话，他们有宾馆工作人员、餐馆服务员、商店营业员、出租车司机和几个各部门官员，其中包含 10 名来自欧洲大陆的外国人、4 名亚洲人和 1 名新西兰人。我很遗憾地报告，这 28 人中唯一看上去不太可爱的是一位地道的英格兰出租车司机；这样的伦敦人，我在通常情况下多半是觉得意气相投的，但是当时我太想家了，我想他肯定也觉得我是个讨嫌的人吧。

编辑大人：我相信我的罐装虾肉绝对含有海马成分。

编辑大人：能理性讨论一下君主制的未来吗？我们都必须承认，伊丽莎白二世作为我们可敬的虚君，实乃上天的恩典，我们大部分人对君权所带来的壮观仪式、传统和象征也十分称心满意。但是，世袭君权或特权依靠的是碰运气得到的权威，这已不再投合时代需要。我斗胆建议，与其让一位凡夫俗子来充任国家最高权力象征，不如让皇冠直接代表联合王国吧？皇冠可以像以前一样，由神话传说和皇家威严所附丽，乘坐金色马车带领游行队伍出行，左右环绕着威武的骑兵，受到主教的亲切祝福；皇冠拥有自古至今的尊贵含义，但阿谀小人不能谄媚它，臣民们也不能轻率地认为它具有任何美德或才能，这使它无牵无挂，一身轻松。

编辑大人：我的挪威森林猫"易卜生"和我深深爱着彼此。这种终生的感情并非肉体之爱，而是让我们早早形成了一种伴侣关系。我们希望我们的关系得到正式的宗教祝福。有没有什么宗教分支机构能够安排这样的仪式？

阿散蒂人[1]几个世纪以来将其神圣王座作为尊崇的对象，我从他们那里学到了"神圣家具"的理念，可惜这一理念尚未在英国流行。因此，我最亲爱的朋友"易卜生"于2016年寿终正寝，我们的关系仍未能得到任何宗教祝福，即便在威尔士。

1　非洲加纳共和国的民族之一。阿散蒂也是该国一个省的名字。

第 69 天

虽然不想让自己看上去小肚鸡肠，但我还是坚决反对各种文学奖。我固然不反对得一个奖（而不是被提名却永远拿不到奖），更不反对立刻年轻 50 岁，从而有资格拿一个青年作家奖。我反对文学奖，并不是因为受到嫉妒的驱动，而是因为我坚信，艺术——哪怕再基础的艺术——都不是具有竞争力的。

谁能将一本书与另一本书比高下，将一个天才与另一个天才比长短？这不是试图比较美丑善恶吗？《简·爱》、《尤利西斯》、福楼拜和马克·吐温，孰优孰劣？只有神仙或高人才能作出评判，而布克奖或普利策奖的评委中这样的人物恐怕不多吧。不过，我认为全世界确有一些在世作家是有竞争力的，他们卓绝群伦，不是因为他们作品销量高或受到较高评价，而是因为他们就像运动员一样具有更高的竞技水平。有些运动员或棋手能够取得好成绩，有时与其发挥出色是分不开的，这不假，但是他们的根本目的是根据运动规则击败对手。而艺术是没有规则的，艺术没有越位一说；在我看来，没有人可以被判为赢家，我也不例外。

第70天

　　当你到了一定年纪，不再沉湎于口腹之欲，你人生的一大乐趣便是下午一点的午餐了。我们早已养成了习惯，下午一点外出吃午餐，在五六家各具特色的本地餐厅中每天换一家吃。比如，离家1英里就有一所古老的大型酒吧，那儿的小鲱鱼相当不错；在1 800个人的小镇克里西斯，有一家雅致的茶馆，店主温文尔雅，热衷于传播福音，而我却报之以我的不可知论，这让我乐在其中。本地垂钓湖区的水产小食令人垂涎三尺；我们可以很方便地把车停在乐购超市，然后过马路去一家咖啡馆吃烤茶饼。海岸边的另一个小镇上有一家餐厅提供创意轻食午餐，我们非常喜欢，曾经两次因为在餐厅门外停车时间太长而接到罚单。本地花园中心的一家餐厅，在我看来，则是威尔士资本主义的一个典型。

　　我列举了几家餐厅？六家？好吧，第七家是最高调张扬的一家，所以我们常常略过它，但它的午餐是这一带最棒的。这家餐厅毗邻海岸，窗外可仰望城堡。每星期，我个人的最爱餐点如下：热气腾腾的一大锅法式烹饪本地贻贝，配上新鲜粗面包和一杯苏维浓白葡萄酒，吃完后再来一大杯卡布奇诺。

有时候我意犹未尽，想着再来一大锅法式贻贝，管它张扬不张扬；但是算了，我控制住我自己，这一大锅还是留到下星期吧。

第71天

（一）

11 月 24 日

今天没有灵感。

给国民捎个口信：

你要是无话可说，

把你的良心放一边。

不必工作谋生计！

让懒惰来感恩！

明天见！

（二）

昨晚，我悚然一惊。我突然意识到我已非往昔之我。我当然知道，如今我这愉快而短暂的生命已到了 92 岁，我的四肢已不再灵活，我的视力已不再犀利，我的每日锻炼已不再轻松自如。我写的字本来又大又显眼，现在缩成了小得可怜的一团，有时还提笔忘字，让我十分尴尬；我说起话来偶尔忘词或着急的时候，就磕磕巴巴说不清楚。

我将这一切视为耄耋之年逐渐昏聩的正常标志，虽然不情愿，但也只能全盘接受。但是昨晚让我吃惊的是完全不同的东西。我的经纪人向我提出了颇具吸引力的项目——在国内外举办读者见面会，不但条件优厚，金钱报酬也正是我需要的；我正要打电话过去表示同意的当儿，忽然意识到我已非往昔之我。所以我婉言谢绝了。

这并不是我厌倦了自己，要知道，读者见面给我带来的收获肯定是有用的。但是，我需要"生活在别处"，身体在另一个空间，心灵在另一个我里面，在另一种存在中作另一种思考、另一种呼吸，去探索另一种生活方式。

如果你知道我向往的是什么，是什么样的空间、什么样的生活、什么样的我，一定要告诉我，而且要快一点！这样我就能让我的家人放宽心，至少能让我的经纪人明白。

第72天

今年是对我真正产生精神影响的人140周年诞辰，这还让我有点吃惊呢。当我还是牛津基督教堂的儿童唱诗班一员的时候，神学家克劳德·詹金斯早已是该教堂一位知名司铎，好几年中我常和教众一起接受他的傍晚祝福。他站在远处高高的祭坛前，在渐渐浓重的暮色中慢慢吟诵他的祝祷词，这一情景让小小的我仰慕不已，现在回想起来仍让我感动。从下面仰望，他是那么苍老，他穿着祭礼长袍的身影在昏暗的光线中显得那么神秘，他根据英王詹姆斯一世钦定版《圣经》所作的祝福语听来那么悦耳。在我的眼中，他就是善的化身，这善超越了一切教条、论断，甚至他本人的神学研究。他的这一形象从此便留在我的脑海中。

很多年以后，克劳德·詹金斯在这一座教堂内为我的第二个儿子施洗礼，并取名为亨利（教父就是参加珠峰登顶的艾德·希拉里）。我的一个朋友事后告诉我，他看见这位年迈的学者已经抓不住婴儿床里小宝宝的手了。

据说这位老先生当时喃喃自语，"心有余而力不足啊"。

第 73 天

21 世纪的西方资本主义国家确有不少便利之处，正如上过伊顿公学的哈罗德·麦克米伦[1]的"政治正确"说法，我们得到的好处是前所未有的——这在很多方面是对的。但是，在别的方面，我们遭受的苦难也是前所未有的。比方说，当代的一个小小害处就是包装。

在我印象中，日常生活中最叫人心焦的莫过于把大多数咖啡馆附赠的方糖从那些可恶的小纸包中取出来。装糖的小纸包实在太难缠了，不从一端咬破的话根本没法打开；我是嗜糖如命的人，当我终于成功咬破纸包取出方糖时，我桌上就留下了廉价的褐色小纸屑，我根本无法以符合礼仪的方式处理这一堆讨厌的垃圾。（放在咖啡碟里？藏在桌子底下？装作不小心扔到地上？）

要打开玉米片包装也是件苦差事，同样艰难的是从一家传统书商寄来的包裹里把书取出来（现代网络书商则不囿于出版界惯

1　莫里斯·哈罗德·麦克米伦（1894—1986），1957—1963 年间任英国首相。

例，会用更简便的方式包装书）。

还有，包含红缎带和冬青枝的礼物包装虽然看上去十分暖心，但拆起来极其烦琐，同时为发达国家早已堆积成山的垃圾增添了一个很不必要的负担。我最爱的喜剧电影场景之一就是《真爱至上》中罗温·艾金森饰演的商店营业员包装礼物的一幕。他真是好有耐心呀！无比细腻地折叠包装纸，花哨地绑上线，抚平整个包装后，带着一丝迷人的坏笑交给顾客。他将他的日常工作变成了一件小小的艺术品——也许他就是这么认为的。

可是再精致的包装，终会被撕烂、压扁、扔进垃圾桶，因为接受礼物的人才不在乎包装呢，他/她只是不耐烦地乱扯一气，想要得到里面的战利品。

道德教益：没有。不管我们喜欢还是不喜欢，我们得到的好处是前所未有的。

第 74 天

　　两本平装版米歇尔·德·蒙田[1]散文集一直放在我的车门插袋内。它们早已磨损缺角、破旧不堪，但它们永远在车里陪伴我，我也爱它们。我在家里有两本精装版，保存得好多了，但这两位老朋友，虽然被我漫不经心地塞在驾驶座旁边，却和我更亲近。

　　这两本旧书对我来说就是解除无聊的妙方啊。我开车时当然不看，但当我遭遇堵车、在火车站接人或送伊丽莎白去理发店时，我一熄火——哈！——就开心地伸手去扒拉我的蒙田随笔集。这两本旧书已陪伴我多年（几乎有我的老破车一样久），其实原来是一本，我撕成了两半以便塞进车门插袋里；由于地方狭窄，这两本可怜的书显示出一种勇敢无惧的神色，这让我更怜爱它们了。

　　这两本书很显然是令人一读就上瘾的那种。论可读性、友好性，有哪个作家能比得上蒙田？而我等候的时候，又想读哪一方

1　米歇尔·德·蒙田（1533—1592），法国思想家、散文家，《随笔集》三卷为其最著名作品。

面的内容呢？说谎？偷懒？迂腐？想象的力量？着装习惯？姓名？战马？儿童教育？愤怒？懦弱？成名的弊端？

一百种诸如此类的内容都可供我阅读思考，不过，蒙田的散文比所有这些更好；在我的老本田怀着感激熄火休息的时候，两本旧书成了我最体贴、最聪明也最狡黠的同伴，我得以与它们进行思想的交锋。

第 75 天

　　威尔士不大有发达的商业资本主义值得夸耀，但一些伦敦大型商场的大名令人想起很久以前外国投资者在此开办企业的历程；当威尔士人在本地投资，更取得了令人欣喜的成果。这是因为威尔士人的投资项目往往接地气、高效率且能带来经济效益。

　　就拿我家门前的路为例吧。20 年前，一户农家希望扩展其地产，通过兴建一个花园中心来发挥其世代相传的手艺。现在，花园中心已成为包含五六座大型温室、周围花圃环绕的产业园，园内设施先进，各种花园植物琳琅满目，应有尽有。在圣诞节，花园中心就成了灯火通明的欢乐游园会。

　　还不止这些呢。那家农户的下一代人决定在产业园中增添一家餐厅，于是整个项目变成了一个愉悦身心的休闲中心。一种富于威尔士特色的巧妙接地气，保证了该项目的成功。园区中不管是员工还是顾客，大家似乎都互相认识；孩子们接二连三，跑来跑去找冰激凌，他们骄傲的母亲和更好说话也更爱说话的父亲充满慈爱地看管着他们。那家农户的家庭成员掌管着柜台，或为顾客端盘子，餐点分量十足。角落处的书架上放着大量有关威尔士的平装书，其中大多数是以威尔士语写的。

这就是成功之道！我当然不知道这里的盈利有多少，我只是觉得，这一项目带给投资者的快乐同其带给顾客的快乐一样多。只要员工——或许可以称为"第三方"——都是家里人，都在家乡工作，而且都是威尔士人，我想这也许就是资本主义的本质吧！

第76天

这些思想日记有意不和世界局势、政治路线或意识形态挂钩，其目的——如果真有目的的话——就是记录我的日常随想而已，因此我也不加日期。

今天不一样，2017年1月31日这个日子是唐纳德·特朗普担任美国总统满一星期。这是动荡不安的一星期，特朗普就这样闯进了我们的认知，我感觉有必要记下我的反应。今天早晨，你对他有什么感想？

我讨厌他的一切：他的外貌、嗓音、粗鄙语言、固执偏见以及他轻率浮夸的决定。

我倒是很钦佩他的"非政治性"风格。他做出并实施那些决定，就仿佛他是唯一有权威的人，不受宪法束缚，不需要处理复杂的法律问题，也不管党派政治，只是凭着一股美国电影中没头没脑的自信就行了——很明显，就是这些让他在总统大选中胜出的。

我信任他吗？不。

但是从长远看，他会是一个好总统吗？我倒觉得他会的。就拿扫罗[1]为例：扫罗虽热衷于攫取权力，但看到通往大马士革的道路后，令人难以置信地变成一位圣人。特朗普固然是一位鲁莽的富豪政客、爱炫耀的电视明星，总爱卖弄特朗普大厦的黄金电梯，但也许在四年总统任期中会展现他人性中好的一面。

我真是这么想的吗？

我不知道。明天又是没有日期的一天。

---

1 扫罗，约公元前 11 世纪的以色列国王，曾建立强大军队，击败腓力斯丁人。

第 77 天

我很相信预感。预感有时候会成真，有时则不。近 20 年前我从一次环球旅行中返回的时候，我有一种世界即将发生惨祸的预感。第二天，美国世贸中心遭到恐怖分子袭击，从此我们进入了"后 9·11 时代"思维。

这并不是某种正在酝酿发展的时代精神，而是对以往所有时代的一种根本性修正，我们所见的正是其初步萌动。几天前我记下了我的一种极为模糊不清但纠缠不休的感觉：我必须进入全然不同的另一种存在。也许这也是预感？我觉得，人类如今达到高峰以后，在其所有现存生命中正在准备着一场大规模的新生——比如说消灭两性差异、逐渐废除国家、重新掌控计算机空间，以及最重要的通过人工智能革命来向"人类造物"迈出决定性一步。这些是目前比所谓新时代思维的苗头更宏伟的预兆，其地位就像工业革命、9·11 事件或人类登月工程。那么，对于这些巨大的发展变化，我的预感又告诉了我什么？我只是个无知的不可知论者，我能预感到的只有：肯定有某种全能的力量，某种无形无色、无所不知的永生灵魂，掌握着某种驾驭宇宙的永恒规划；然后，所有时代思维的终极版本会展示给我们，让我们去徒劳地思考其意义。

而在那之前，我的朋友，微笑吧，因为自有"无形无色、无所不知的永生灵魂"来照料一切。

第78天

罗伯特·布朗宁[1]写道，他如果有很多钱，他会选择住在城市广场边的房子里。"啊，美妙的生活，惬意的生活，在窗边度过这样的生活！"

我对此只能勉强表示同意。从我家前后窗户望出去，只能看见树木、鸟和羊，偶尔有汽车和拖拉机，其他就没了。我的一大人生乐趣是和我的伊丽莎白在波特马多克一个咖啡馆的一个特定窗边座位喝咖啡，同时欣赏窗外景色。窗户正对着一个人行横道线，每隔几分钟，红灯亮起的时候，人行道上就积起一堆等着过马路的人。这就给我一个机会，让我观察世间百态，并对此做出评估。

这些人里面有些是我们的邻居，我们就可以观察到，S夫人那天早晨看上去特别精神，而W老头则心情不好，一脸愠怒……大部分当然是陌生人，我们就可以对他们做各种猜测："美满的一

---

1 罗伯特·布朗宁（1812—1889），英国诗人，这里引用的诗句出自他的诗集《男人和女人》。

对，你觉得呢？""这两人刚吵了嘴吧？""天天牵着那条可怜的狗到处走，真无聊啊。""老天爷，他们已经够胖了，还买那么一大袋吃的。""那位老太太想过马路的话一定要加快脚步呀，因为红灯马上要亮了。哎呀，不错，这位英俊少年会扶她过马路——他是 W 老头的儿子，不是吗？很好的一家人呀，只不过……"

等一等，现在有一个小高潮。窗外等红绿灯的人里很少有人注意到我们在观察他们，但是这一次来了两个坚毅的女人，带着四五个孩子以及一辆婴儿车。绿灯亮起，他们走下人行道，开始过马路，这时那些孩子齐刷刷看向我们所在的窗口，对上了我们的眼睛。我们向他们挥手，这下，我们的小小窗外世界在欢乐中爆发了：孩子们齐刷刷向我们狂挥手，一边笑，一边做鬼脸，而那两位不胜其烦的妈妈则面不改色往前走，只是偶尔停下来捡一只掉落的手套或泰迪熊，并对我们致以姊妹般的苦笑。

就这样，他们走出了视线，红绿灯转换，车流又开始行进。我们喝完了咖啡，一边笑着，一边把我们自己买的东西整理好准备回家。"好个世间百态！"我们这样评论，"那一扇窗户多么精彩，是世界的小小一角啊。"

第79天

　　近几天来，我一直处于一种因超凡脱俗而战栗不已的心情中；我在我的心中寻找某种终极结果，但是我不知道是什么。这个世界看上去彷徨不安，陷入大小纷争中，人们没有信念和目标，传播谣言，争吵不休，一会儿怯懦，一会儿傲慢，这一切所带来的只有一条条耸人听闻的新闻标题。基督再临难道离我们不远了？我应从何处入手？我应抱何种希望？上帝真的存在吗？

　　心头的泥沼中，飘来了威廉·华兹华斯[1]的新版长诗《序曲》——最近有杂志委托我为其写个评论。过去几天中，我一直在读这一鸿篇巨制，还常常念出声来；最后，虽然我并没有恢复对世界的信心，但至少这神奇的诗让我感到陶醉。一部分原因当然是诗行的节奏韵律所形成的音乐感，但我认为主要原因是诗中所蕴含的道德论断：以最简单、最友善的自然形态表现的存在本

1　威廉·华兹华斯（1770—1850），英国诗人，代表作有《水仙花》《孤独的刈麦人》等，长诗《序曲》完成于1805年，主要描述诗人心灵的成长。

身，即是生命的终极意义，是对我们的最高报偿。

安息吧，华兹华斯！他似乎认为，如果有上帝，那么自然就是上帝的呼吸，而艺术就是上帝的语言。如果真是这样，那么诗人必定是上帝的信使之一，哪怕他写的是无韵诗，而且 300 页全是五步抑扬格。

第80天

前些时候，我们永远失去了我们威风凛凛的挪威森林猫"易卜生"，感觉就像对一位备受信赖的老朋友道了永别。那天在一家园艺商店的装饰品柜台看见一件栩栩如生的猫复制品，我们想也没想就买了下来，放在家里作为替代。

这件复制品其实一点都不像"易卜生"，但就猫来说，它倒是惟妙惟肖。店主告诉我，这里面材质是水泥，外面用某种神奇的成像技术复原，可能是中国制造的。现在，这件复制品趴在家里沙发的一角，舒服地打着盹。

我脑子里总还以为这东西是活物，常常下意识地伸出手去抚摸它，或者对它说点温存的体己话。这也让我回想起很多年前我写的一组对句，该诗不是写给某一只具体的猫，而是写给猫的概念，即抽象的猫。下面是理查德·亚当《偶然写诗》（1986）诗集中的版本：

> 滚过去，猫说，这床我占十分之九。

没错，一份生命需要九份舒适。

我的猫，外覆皮毛，里面全是瞌睡。

死神来时，也会呼噜呼噜轻轻哼？

啊，这罪恶的爪子，这妖魔的眼睛！

只是一场游戏：最精的老鼠活不长！

我凝神盯着，盯到地老天荒，就盼

垃圾堆里窜出——好让我开心！——

一只田鼠。

第 81 天

"你将关闭两个标签页，"我的电脑刚刚警告我，"你确定要
继续吗？"它总是提醒我诸如此类的事：有时候，我写入的文件
是只读模式；有时候，我要一下子关闭四个标签页。我完全不明
白它在说什么。标签页是什么？我要是丢了一个又会怎么样？

我得不无羞愧地承认，我多多少少是个电脑盲。年龄只有我
八分之一的小孩比我更懂电脑术语，他们十分好心地教我，从不
嘲笑我的无能，总是热情向我指导正确方法。"你看见屏幕右上
角的红点吗？点它的同时按住'保持'键——不是这个，是'保
持'键，旁边那个——现在按下 Shift 键，就行啦！看见了吧？非
常简单！不用谢！"

这样在两代人之间分享技能令我十分喜爱，而且在我的经验
中，其演示也令人愉悦；我开始想到，这是不是意味着人类将会
以更为深谋远虑的方式分配责任？年轻人得到更多权力？年长者
的威信降低？我现在无法想象，但考虑到年轻人比我更会想象的
话……

第 82 天

英国大小岛屿上的大多数小镇都历史悠久，这是有迹可循的：到处都有古老的教堂，有的地方甚至有一座城堡或一座古老庄园；而且，总有当地历史学家对当地古迹津津乐道。

我家所在的小镇克里西斯位于威尔士西北部卡迪根湾边，它也不例外，是个历史古镇。海边岬角上有一座古代城堡遗迹，见证了小镇在战争与航海方面的丰富历史。我已在小镇附近居住了70年，你也许会认为我早已熟视无睹了。才不是呢！时不时地，我感受到小镇的某个细节（在我看来是某种"装饰音"），心中油然而生一种新的亲近感。今天，吃完一顿带葡萄酒的午餐后，我就感受到了这样一个富于启发性的细节。其实那只是一个堆满垃圾的后院，我没法说它有多优雅，但它在我心头唤起了对小镇历史的深情缅怀。

在19世纪，从英格兰来的铁路延伸到此，永远改变了克里西斯，将它变成了旅游胜地，而把它的过往埋没在维多利亚时期及以后的建筑中。小镇上零零落落有一些被精心重建的中世纪小屋，但我今天走路遇到的是一片荒凉萧疏的灌木林地，一代代开发商似乎忘了镇中心的这片宝地。在午后的沉寂中，我站在那里，久久不能动弹，仿佛灵魂出窍，神游中世纪。四周散落的空罐头和破酒瓶多半是那些喧闹作乐的鲱鱼捕手留下的，或者是山上城堡里的女佣扔下来的。在我想象中，那些破旧不堪的棚子里住的也许是欧文·格林杜尔的攻城士兵，旁边陈列的奇怪小摆设则是对这些士兵无畏胆魄的纪念。

我沉浸在幻境中，没有任何干扰，也没有一点声音。微风吹拂着垃圾，一切看来完全是中世纪风味；我离开了这片林地，发现铁路道口的栏杆放下，让两点半开往波特马多克的两节列车车厢哐当哐当地通过，这时我才回过神来，决定再喝一杯卡布奇诺。

第83天

我天生喜欢猫，总的来说不喜欢狗。我不喜欢狗的气味，更讨厌被狗舔；狗对我吠叫、作势咬我或者给我造成惊吓都让我心生嫌恶，而最让我瞧不起的是狗对主人巴结献媚的样子。不过，有时候我从情感上谅解了这种动物，昨天就是如此。

这是个清新、晴朗的早晨，我沿着林荫大道散步，整个海滩上都是各种品类的狗，大的小的，一片热闹。这些狗一旦放开了狗链，就在鹅卵石上到处奔跑，追逐打闹，还兴高采烈地冲进海潮中，结果回来把满身的咸水抖落在主人身上，孩子们只得尖叫着跑开。

我倚在栏杆上看着这一幕，心里想：每天早晨要带这种动物出去遛，要常常喂它，清理它的排泄物，从沙发上刷去它掉落的杂毛，晚上自己想要清净一会的话还要找人来照料它——这一切该有多烦人啊！和养猫相比，真是天差地别呢。但是且慢；我看着这一幕，看着四周和底下那些人和狗的面孔，我忽然感到，是一种发自内心的情感——甚至可说是感激之情——将这两个物种联结在一起。狗喜欢朝孩子们抖身上的水，而孩子们也喜欢被狗抖一身水；成年人一边笑一边躲开，同时也对我开心地笑，他们此时颇有返老还童的感觉。

在我身边的林荫大道上，我也注意到有很多老年人，他们孤身一人，牵着小猎犬或哈巴狗，带着发自内心的情感——骄傲和感激——看着海滩上这一幕。我猜想，他们肯定愿意清理狗屎，把被狗弄脏的羽绒被送去清洗，在小雨中带着心爱的狗出去遛，或者再次请人在晚间照顾小狗。我意识到，我所见到的是不同物种在不经意间的和解，是共同的庆祝和相互理解的宣言。

我带着思考回到了家，想起了我已故的挪威森林猫"易卜生"。在我软磨硬泡之下，我也许能给我的爱猫戴上猫链，牵着它去海滩，给孩子们逗乐，展示我们一人一猫的友谊，那会多开心呀！但是我肯定会绝望地败下阵来。"易卜生"会嘶嘶叫，或者尿尿，以表示不满；说不定它还会一边嘶嘶叫，一边尿我一脸。

第 84 天

　　每天 1 000 步的锻炼对我来说是一种军事操练，我拿出 70 多年前我在英国军队里踢正步的精神来走这 1 000 步：胳膊甩到肩膀高度，头抬高，双眼平视前方，这并非一种趾高气扬的姿势，而是一种器宇轩昂的步态。正步行进的特点是威风、自信，其目的我想大概是展示排场。近来，我注意到我的行进风格有了点变化：我开始以旧时美国军队风格前行，不再像以前那么僵硬、刻板，而是较为放松，肘部弯曲，甚至和蔼地朝四周看。我以前的操练教官要是看见了会怎么说啊？

　　大英帝国已不复存在，曾经的武装力量如今已归入不同国家、不同意识形态；虽然有的部队仍以明显的英国风格进行操练，但我在奥尔德肖特、卡特里克和桑德赫斯特[1]所经历的旧式操练意图基本上已不再适用于今天的军事行动了。在我走路锻炼时，为了让自己聚精会神，我常哼曲子或吹口哨，曲调就是由想象中的交

---

[1]　均为英国重要军营所在地。

响乐团演奏的、爱德华·埃尔加创作的进行曲《希望与荣耀的土地》。

你也许要抗议了："这首浮夸的老歌！让英国再度强大云云。"没错，尽管大国主义者常在室外音乐会上像小丑一样跟着这首曲子跳上跳下，但我仍认为《希望与荣耀的土地》表达了比爱国主义更宏大的价值观。不管爱德华·埃尔加的创作本意是什么，我相信这首曲子并不是出于某种浮夸或炫耀，而是歌颂全人类在历史长河中几经成败利钝，终于艰苦生存的壮举。

就这样，当我接近路程终点，我仿佛听见当时的团军士长对我下命令，"精神点！抬头！收肩膀！"我充满感激地服从这一命令。

我提醒自己，不管喜欢不喜欢，我们都要正步往前走！

第 85 天

我这颗平平常常的脑袋，竟然装下了那么多东西，我自己都感到惊讶。如今，大脑机能的确已经不如以前了。我记不得名字，记不得东西放在哪儿了，记不得日期，记不得拼写，甚至记不得有些词怎么说了。不过，我只要一查《牛津名言词典》，就会很高兴地发现这本 1 075 页巨著的一大部分已经存在我脑子里了，一点由头就能扯出一大篇相关内容。

比如，"寂寞荒凉（黄沙莽莽）"马上令我想起《奥兹曼迪亚斯》[1]，"大烟囱"则让我看见了一艘肮脏的英国货船[2]，"快活地我要安身"是受苦的岛上精灵得到解救后的兴奋庆祝[3]，"千载

1　《奥兹曼迪亚斯》为英国诗人珀西·比希·雪莱（1792—1822）的名作，诗人在沙漠中看见法老王奥兹曼迪亚斯的巨大雕像，感叹昔日"万王之王"的伟业早已"荡然无存"。

2　英国诗人约翰·梅斯菲尔德（1878—1967）的诗《货物》中描写不同时期的船，将工业革命时期的英国货船与尼尼微五层桨木船、西班牙大帆船相对比。

3　出自莎士比亚戏剧《暴风雨》（朱生豪译）。

之下，世人犹论"几乎让我听到了轰炸机的轰鸣声[4]。

　　你肯定懂我的意思：我们的颅骨下面存放着一整本百科全书，它只需要一个索引。如果你爱好音乐的话，你的大脑储存并分辨旋律的能力会更强。就拿我哥哥盖雷斯来说，他是专业音乐家，只要听一个片段，甚至一个音符，就能告诉我这是出自哪首古典音乐作品；我也能从名言词典中随便找一句，甚至一个题目，以此哼出一首老歌，这也令我颇为惊讶。你不妨也试试！

　　"几个时髦人物""鱼会游，鸟会飞""在那儿！""一整晚""示巴女王到访"——这些曲子可供你选，如果你和我一样的话，你早就吹上了口哨！

　　这些一直都在脑子里，或者在《牛津名言词典》里。

4　出自 1940 年 6 月 18 日英国首相温斯顿·丘吉尔所做的鼓舞人心的演讲《对英国战役的展望》，原句为"千载之下，世人犹论：'彼时彼刻，忠义无伦。'"

第86天

　　威尔士艺术家托马斯·琼斯（1742—1803）的作品让我花了几小时来细细考量，这倒也令我舒心愉快。你知道他吗？他是拉德诺郡的一位绅士，年轻时曾是英国风景画创始人理查德·威尔逊的一名精干学徒，后在意大利待了多年，磨炼其绘画技艺。他的绘画作品广受好评，在他死后被拍卖到很高价格，并被各大美术馆收藏。但他并不是家喻户晓的人物，即使在艺术圈内也鲜有人知，总之远不如他的老师有名。然而，随着他的一幅只有几英寸见方的小画在1954年被公之于众，他立即成了艺术圈的名人。

　　这幅画名为《那不勒斯的墙》，是他在意大利期间创作的。画面上只有空无一物、略有崩颓的墙，属于一幢普普通通、颇有历史的意大利连栋房子；墙上有三扇窗连成一排，左手那扇窗完好无损，中间那扇窗有个阳台，晒着衣服，右手那扇窗用砖头封住了，不知是从来没用过还是干脆就没造好。这一构图从风格和表现对象上看，完全不像当时的产物，以至于人们将这幅画看作现代艺术的首个作品——或许是传达某种隐含意义的抽象艺术。

一些评论家则认为这幅画并没有什么特别含义。有人说它"只是观者的幻觉而已"，还有人说它是某种秘密象征，或者是画家忧郁气质的表征。这幅画确有一种令人难以忘怀之处。

迈克尔·汤姆林森先生最近在《赛摩多里昂学会学报》上发表了一篇精彩的论文，对《那不勒斯的墙》进行了学术解读。该文从根本上改变了我对这幅画的看法。我一直以为这幅画反映了人生的三个阶段：充满信心的青年（完好的窗）、回归家庭的中年（晒着衣服的窗）和荒芜破败的老年（砖封的窗）。汤姆林森提出了新的看法。他认为这幅画直接继承了意大利的中世纪绘画大师笔下的耶稣受难场景，因此传达了严肃的宗教意义。三扇窗象征着各各他[1]的三个十字架（完好的窗有十字形的百叶窗隔板），中间晒着亚麻布的窗象征着耶稣本人受难的十字架（只要细心看，就能认识到这一点）。还有，只要看得仔细一点，可以发现中间窗的阳台左侧有液体浇到墙上的印迹——不是从阳台往外浇，而是在阳台一边。

汤姆林森猜想，托马斯·琼斯在这里暗示了一个被历代画家再现了无数次的场景：耶稣在十字架上被罗马士兵用长矛刺穿身体一侧，血流不止。这一充满宗教意味的新解释为我揭开了《那不勒斯的墙》之谜，也让我了解了画家天才的技艺。汤姆林森说，"这幅画可不是'没什么含义'，相反，它蕴含了一切含义"。

1　又译骷髅地，位于耶路撒冷西北郊，在那里耶稣和两个盗贼一起被钉在十字架上。

但是，我的脑中仍萦绕着一种挥之不去的揣测：有没有可能托马斯·琼斯在审视他创作的小镇风景画后，觉得太过平板无趣，就决定加进宗教暗示，使其成为某种象征？不管怎样，《那不勒斯的墙》现在陈列于伦敦国家美术馆，它依旧让观者难以忘怀。

第 87 天

好奇怪，我今天好像什么都没有想。这也是难免的。

第 88 天

　　我读到报道，英格兰某地的一个圣公会主教坚决反对女人担任牧师。虽然在他的管区有不少女牧师，他宣称他绝不从女牧师手中领受基督教最高圣礼——圣餐礼。实际上，如果一位男牧师是由女人任命的，他也拒绝从这位男牧师手中领受圣餐礼。他本人所属的教士社团，其所有历代成员都是由男人任命的！

　　作为一个脑子迷糊的不可知论者，我当然不认为宗教存在什么理性——宗教可以什么都有，但就是没有理性！不过这位主教疯疯癫癫过了火，几乎赶得上"多少个天使能在一个针尖上跳舞"之类的中世纪荒诞说法。我也不能理解，基督徒既然已经有了耶稣的教诲（包含在半神化的耶稣生平中，作为基督教的方便法门），何必另求其信仰的加持。他们不必相信什么奇迹，只要尊奉耶稣言行即可："你去照样行罢！"[1]

　　旧时代的胡言乱语或许已消逝远去，但更为深刻的神奇洞见

---

[1]　出自《新约·路加福音》。

仍长存于哲学和艺术中。我觉得，这些超凡脱俗、难以衡量的东西，在世界各大宗教的烦琐教义中都有所体现；世界各地的善良人们啊，不管信教还是不信教，你去照样行罢……

第 89 天

　　"声名狼藉"（louche）这个词我很喜欢用。多年前，我在撰写我的朋友和同事拉尔夫·伊萨的讣告时，将这个词用作褒义，结果他的遗孀温和地对我表示了不满。《牛津英语词典》说这个词暗含"名声不好却有吸引力"之意，这倒不假。我模糊地认为它表示一个人温文尔雅、经验丰富、善于嘲讽，总之十分有趣，而我对拉尔夫正是这么看的呀……我对城市也有类似的印象。曼哈顿在遭到资本主义腐化之前，曾给我留下美好的回忆；偶尔，我希望我还在那会儿的曼哈顿，坐在一个情调高雅、灯光昏暗的小酒吧，我的爱人在身边，技巧高超的乐手用白色钢琴弹奏出轻柔的爵士乐。"好吧，"昨晚我对我的爱人说，"我们去市中心，喝一杯马蒂尼。"

　　我们去的那家酒吧位于上西区，灯光并不昏暗，周围没有黄色出租车[1]经过，也没有人弹奏钢琴，而我认识女招待全家已经有

---

[1]　指纽约特有的黄色出租车。

好几年了。不过，太阳正西斜在外面的卡迪根湾上，威尔士小镇里家家户户的灯光闪烁，空气中洋溢着爱的气息；我感到，这不就是某种"声名狼藉"吗？

第90天

因为最近花了好多时间研究一件谜一般的 18 世纪绘画作品，我对"墙"产生了许多思考。我想到，"墙"——也许还要加上它较不引人注目的另一面，"沟"——突出反映了人的境况。我不知道伊甸园是否有墙，不过几个世纪以来，成千上万的人相信耶路撒冷的哭墙有上帝存在。

在上述至高无上的命运之下，不妨思考一下还有哪些"墙"已进入了我们的语言和精神：哈德良长城[1]、奥勒良城墙[2]、中国万里长城、德国柏林墙、奥法大堤[3]、提斯柏的爱情之墙[4]、特朗普主持修建的墨西哥边境墙、"做不成监狱的石头墙"[5]、那些该

1　罗马人于公元 2 世纪在不列颠岛上修建的防御工程，当时是罗马帝国的西北边界，至今仍有不少遗迹。

2　罗马的古城墙，修建于公元 3 世纪，环绕罗马七座山丘及战神广场。

3　8 世纪麦西亚王国修建的防御性堤坝，是英格兰和威尔士的边界线。

4　出自古罗马诗人奥维德《变形记》中皮拉莫斯和提斯柏的故事，这对恋人隔着墙互诉衷肠，最后双双殒命。莎士比亚戏剧《仲夏夜之梦》中引述了这一故事。

5　出自英国诗人理查德·洛夫莱斯（1618—1657）的诗句："石头墙做不成监狱，铁栏杆做不成笼子。"

死的开发商临时搭起的水泥墙……总的来说，"墙"这一意象并不讨人喜欢，难道不是吗？固然这一建筑往往是用于保护、防御，但它的异化作用更为强烈，而且它总的来说在外形和内涵两方面都不友好。

当然了，我发现有些墙看上去极为神秘，引人入胜；幸运的是，我家后面的山上就有一道干砌石墙，它寂寞地蜿蜒在雾气中，时刻勾引着我的关注。这墙是干什么用的，我完全不知道。在历史上的某个时候，它肯定是某种边界，甚至是某种战线，因为凯尔特地区北部的很多地貌都是如此。也许这墙如今还有类似用途，比如与放牧权利、征收什一税有关。不过我仍倾向于认为，这墙大体上已经失去了意义和目的，只能引人遐想，它的存在只有它自己和四处游荡的绵羊能够明白——除非它是耶路撒冷哭墙的一部分……

第 91 天

　　我们的崔芬·莫里斯老宅差不多和美利坚合众国一样历史悠久，如今它已泯然众人、摇摇欲坠，但它有一大特色不可不提：宅中收藏着不少稀罕的珍品。我简要介绍一下——往后站，不准碰！不同材质、不同国籍的各种船舰模型几十个，分散在不同房间中：其中有一艘大型蒸汽轮船，挂着但泽自由市（1920—1939）的旗帜；有一艘果蔬商的驳船，我们住在威尼斯的时候，就是从这样的驳船上买果蔬；有一艘纽约的木制拖轮，根据底部铭文，制造者是威尔塞·杜波依斯上校；还有一艘阿拉伯三角帆船、一艘法罗群岛渔船和一艘布里斯托海峡领航船……

　　此外，图书馆里装裱起来的有一根金属管残片，当年驯马师就是用这根管子给摩根马[1]的父系源头——佛蒙特州的一匹优良雄马——浇水刷毛的。旁边装裱的是《乡村教士》诗歌手稿，这是最伟大的现代威尔士诗人 R. S. 托马斯（逝于 2000 年）亲手写给

1　起源于美国的良马品种。

我的。那儿有一根铁质三叉戟，这座老宅的原主人用它在河中捕鱼。一套精致的《埃及全图》（1928 年出版，题献给法鲁克国王）放在地毯下压着，以确保其平整。在外面有点破败的露台上，有一尊席尔瓦斯通的费舍尔勋爵、海军上将的铜像，是我委托一位著名的新西兰雕塑家制作的；这位海军上将逝于 1920 年，我对他极为仰慕，希望在来生有机会与他共享欢好。

"好啦，好啦，"我听见你咕哝，"歇会吧！"可还有不少要介绍呢！这儿是谁的地盘？我问你。

第 92 天

　　昨天我就提醒你了，我们这座老宅的稀奇古怪之处还多着呢！宅中各处有 30 个建筑模型和玩具，这些建筑除了老宅本身，还有比萨斜塔、卡那封城堡[1]、迪拜帆船酒店（阿拉伯塔）、巴斯的皇家新月楼[2]、拉德克里夫图书馆[3]、一座泰国吊脚楼和一家怀俄明小旅馆。此外，那边装裱起来的是一封告别信，来自一位即将进入封闭式修道院的读者；厨房里有一幅"伊丽莎白女王号"游轮抵达纽约的大照片，我挂在那儿是因为出版商把游轮的名字印错了；洗手间里挂着"纽约号"游轮抵达纽约的巨型彩照，据说，这艘游轮 1888 年首航时，头等舱的每位客人都得到了这样一张照片。

　　楼梯转弯处挂着的油画明亮、活泼，虽然看上去有点奇怪：

1　位于威尔士北部，14 世纪竣工，是威尔士亲王的受封地。

2　乔治王朝时代的古建筑群，18 世纪建成，位于伦敦西部的巴斯。

3　牛津大学内的一个图书馆，18 世纪建成，其圆形拱顶是大学的地标之一。

它实际上是卡通初稿，画的是地位尊贵的皇家顾问小组，由弗兰克·布兰温[4]为上议院创作；上议院最后没有接受这一画作，所以成品现在陈列在斯旺西市政厅。

我的所有五位直系亲属在各种不同的艺术作品中得到表现，这些作品分散在宅中各处。楼梯下面的一块石板忠诚地等待着简和伊丽莎白·莫里斯"生命的终点"，届时依照我们的愿望，它将伴随着一场欢乐的仪式，被放在附近德怀福尔河里我们拥有的一个小岛上。

最后，几百万本书互相缠绕、沉淀，已成为崔芬·莫里斯老宅本身的性格、精神和气质。这几百万本书我全看过，其中大部分还是我写的。

介绍完毕！请保持微笑！

4　弗兰克·布兰温（1867—1956），英国艺术家，作品涵盖油画、水彩、版画、插画、设计等多种门类。

第 93 天

"混沌",根据词典释义,是指宇宙成形之前的全然混乱无序状态。我对此十分了解;我还知道,不管古人是怎么想的,混沌这一状态是随时可以创造出来的。

随着文明演进,混沌的程度变得越来越吓人,从书桌的整洁度就可见一斑。想象一下吧,我们祖先的书桌一定是多么井井有条,可是电子设备的出现打乱了这一切,更别说电脑设备了。蒸汽时代可能并没有给曾曾祖父的工作条件带来很大变化:只要一两本笔记本、一个笔架、一瓶墨水和吸墨纸、一本简单的地址簿、一些书写纸和一支笔,曾曾祖父就能顺利从事济贫院的高级管理,或者至少能掌管家族事务。可是看看你的书桌——也许看看我的书桌更到点子上。那简直就是鸿蒙未开、天怒人怨的混沌啊!我的脚下是一团杂乱无章的线缆,它们拧着绞着盘着卷着,好像要慢慢爬上来把我掐死——它们说不定还在像蛇一样嘶嘶作声呢。电脑、电话、iPad 平板、打印机、废弃设备和被揉成一团的葡萄酒口香糖包装盒堆满了桌面上的工作空间,各种线缆就像触角一样从缝隙中颤巍巍探出头来。

　　不过，话又说回来，我并不抱怨我书桌上的微型漩涡。那首关于熟悉老地方的老歌又在我脑中响了起来，于是我把自己从电子线缆的缠绕中解脱出来，迷迷糊糊地研究鼠标该往哪儿点，充满乐观精神地忽略那台黑色机器的蓝光闪烁，并请来了每天早晨的老朋友——谷歌。啊呀，还剩一片葡萄酒口香糖！心满意足地哼着那首关于熟悉老地方的老歌，我开始写我的第 94 篇思想日记……

第 94 天

在我看来，视觉识别是这个时代最妙的发明之一。你知道的，采用视觉识别技术的设备能够自动识别人脸，从而自动解锁车辆或查验护照。不过，你有没有碰到过，几年来看熟了的脸，但是在关键时刻却叫不上名来？要是视觉识别设备能为你储存名字并在必要时根据你看见的脸来提示名字，那该多好啊！

其实你自己拥有这样的"设备"，而正是这让人懊恼不已。当你的老熟人向你伸出手来，他的名字就在你脑中某处朝你闪闪发光，几乎昭然若揭；你也知道得清清楚楚，可偏偏抓不住那可恶的名字。要是你的"取景器"能向你的"人脸识别器"发送一个电信号，马上把脸和名字对应起来，然后通知你的"意识"，那该是个多美妙的奇迹啊！这样，你的老熟人就会惊异地说："过了那么多年，你竟然还记得我的名字！我妻子将十分钦佩。"

而你就能亲热地回答："哎呀，我记得每一张脸，也记得每一个名字。顺便问一句，亲爱的奥黛丽现在怎么样啊？"

第 95 天

当我陷入回忆时,我仍能听见我在开罗回答一位美国女士的问题:"你是英国人吗?"我记得那是 20 世纪 40 年代晚期,当时英国人在埃及有时会碰上糟心事。"说嘛,你是英国人吗?"她坚持要知道,我只好回答:

"嗯,十足的英国人。"

那时候的世界与现在真是天差地别啊!那时候,身为一名英国人无论是对那位美国女士、对整个世界和对我来说,都意味着很多与现在迥然不同的东西。然而这一切都已过去了。从那时候开始,很多美国人开始抛弃以往对英国这所谓"故国"的崇敬。参与"二战"的国家很快就忘记了丘吉尔领导下的英勇大不列颠,忘记了伦敦口音和喷火式战机。大英帝国已成过眼云烟,英国人也不再以其"十足的英国身份"为傲。

到了现在,就连"大不列颠"的概念也开始模糊,"联合王国"更是处于分崩离析的边缘,像我这样的英国人回顾以往认为理所当然的事,只看到了讽刺。不过,实际上让我伤感的倒也不是英国的沉沉浮浮。我对英国的忠诚感情实在太复杂了，没法在那天向开罗的美国女士解释，但这种感情也绝不是以祖国为荣的自豪感。这是一种抽象的自豪，而让我自豪的不是英国，而是英格兰。

固然是我对威尔士和威尔士生活方式的热爱催生了这种自豪感，但在我内心深处，我仍像历代诗人一样，听见英格兰塞壬的美妙歌声[1]。英格兰田野的柔美风景自然是一大魅力，此外，英格兰吸引我的还有其宏大的历史、贯穿始终的幽默感、不经意间的忧郁气质、不拘泥于对错的嘲讽态度、莎士比亚戏剧，还有其人民的友善性格——至少像我这样的人是这么认为的。不用怕！虽然"联合王国"看似处于分崩离析的边缘，"大不列颠"的概念也开始模糊，但英格兰的古老梦境将会通过诗情画意化解这场危机。

1　塞壬是希腊神话中的海妖，常幻化为美女，以歌声引诱水手，使船只触礁沉没。

第 96 天

"我要死了，埃及……要死了！"[1] 安东尼这样对克娄巴特拉说，但实际上这话是不言自明的。我们都要死了，只不过是到了我这样的人生阶段，情况更加严重一点而已。我的数学一向不好，可是今天早上我算了一下，我在这世界上已生存了 37 500 天了！这可能吗？可以想象吗？"想象"两个字我没写错吧？

如果这是真的，那我突然想到，我面对一个如同英国脱离欧洲一样的紧急任务——莫里斯脱离人生。我还完全没有准备好。我写遗嘱了吗？遗嘱在哪儿？我把财产留给谁？

遗嘱执行人是什么？遗嘱保管人又是什么？葬礼由谁负责？葬礼费用由谁出？谁向有关部门报告我的死讯？

这些我全都不了解，在我看来就像"欧洲补偿前协议内外的优惠关税减免"一样是天书。我好羡慕安东尼，这老家伙只是对他的相好诌了几句诗作为通知，便翘了辫子。

1　出自莎士比亚戏剧《安东尼和克娄巴特拉》。

第 97 天

在怀旧心理驱使下，一两个星期前我在洗澡时随手拿起一本城市读物来看，就这样，我开始回忆起我写的 20 多本有关世界各大城市的书。

我在浴缸里读的那一本写的是一个加拿大城市——萨斯喀彻温省的萨斯卡通。在我 1990 年写作这本书前，我几乎没去过萨斯卡通；当我翻着湿淋淋的书页时，我猛然一惊，意识到我不请自来、一无所知地闯进这样一座城市，并恣意对它的城市性格评头品足，这在我的整个人生中都称得上是数一数二的厚颜无耻之举！不请自来！一无所知！实在是傲慢无礼啊。

深刻反省之后，我才想到，我所有关于城市的作品其实都是惹人厌的粗暴玩意。我对这些城市知之甚少，下笔不知所云；取材只凭道听途说，写作就靠胡编乱造。历史学家和地理学家一定会鄙视我的意图和技巧，社会学家一定会觉得我轻率妄为，学者们一定会找出很多硬伤（我连经纬度都搞不清楚）。

到此为止吧。萨斯卡通也得承认，我有一条没写错：我喜欢这个城市！我在书中说它是个极富特色的城市。人们应该看看我在未谙世事的年纪是怎么写悉尼的……

第 98 天

昨天，一位著名的阿拉伯外交官携夫人来访。我从未遇到过这样令人愉快的客人。我那时极端自我中心、妄自尊大，而两位客人则极有风度，对我十分宽容。他们见多识广的态度让我逐渐意识到，我的反应中其实隐藏了一种对我很久以前的青年时代产生了极大影响的情怀：阿拉伯的魔力。

这究竟是一种什么魔力？这魔力来自伊斯兰之美（具体表现为漂亮的伊斯兰建筑），也来自我所仰慕的伊斯兰信仰；这魔力来自阿拉伯语，我曾学习过一段时间，但水平很差；这魔力来自浪漫的阿拉伯山水风景和宏大的阿拉伯历史，来自阿拉伯的尘土、沙漠和传说。

但最主要的，这魔力来自与阿拉伯人相处的愉悦：我的阿拉伯同事、阿拉伯邻居以及我笔下写到的各行各业的阿拉伯人。

我在阿拉伯国家旅居的日子早已结束，距今有不少年了。从那以后，阿拉伯人和他们的高贵信仰，名誉受到了败坏、贬损和背叛。昨天的两位访客让我回忆起，多年前我是那样地被阿拉伯深深吸引。

第 99 天

和 T. S. 艾略特一起锻炼

今天早晨我像往常一样去车道上走 1 000 步作为例行锻炼，吹着昂扬的口哨，我的影子老朋友在地面上总是先我一步，它勉励我做自我考查——我的影子就像《荒原》中所写，在我前方大步迈进！

我比较喜欢早晨的我：那么有趣，有一点无伤大雅的自负和难以捉摸的朴实，还很爱逗乐子。可是到了傍晚，我出去走路锻炼的时候，影子就不那么清晰了，也不再勉励我；当太阳开始落山时，影子就变成模糊的一大块，数落起我来。我也不再吹口哨，而是若有所思地哼着曲子，并看清那些我自己都不喜欢的缺点：自私自利、自得其乐、自欺欺人、暴躁易怒。

从早晨的骄傲到傍晚的羞愧——那又怎么样？T. S. 艾略特告诉我，两者都不过是一抔尘土……

第 100 天

坏 脾 气

这是我的第 100 篇日记，我觉得应该记一点积极的想法。今天早晨，窗外太阳很好。十几只绵羊在外面捣蛋，它们时不时跑去耐性十足的母羊那里吸一口奶，或者想办法挤过栅栏门上的一个小洞。有人骑着四轮车驶过。表面上看，这似乎是全世界最美妙怡人的情景了。

才不是呢。

绝对不是。

修车铺的那个家伙在给我的车做保养已经第五天了，他还没有如约把车还给我。

他不是让我借用另一辆车吗？

没错，他确实让我借用另一辆，可我要用这辆不成样子的老破车的话，还得低三下四问他这东西怎么倒车。

我现在急用车吗？

呃，倒也不急用，不过这不是重点。

那有什么不对呢？

没什么特别的不对，我只是不喜欢。

你喜欢修车铺那家伙吗？

他也凑合吧。

你喜欢他吗？

好吧，没错，我喜欢那家伙。

那好了啦，有什么不爽呢？

那些绵羊让我很烦，这就是不爽的地方。那个骑四轮车的人能不能别老在外面车道上来来回回的？这就是不爽的地方。修车铺的那个家伙拖了五天还没有还给我车，都快六天了！这是我最不爽的地方。

你还有什么想知道的，管闲事专家？没有了？你以为我会在我的第100篇日记里写上点文明友善的屁话，是不是嘛？

错！错到姥姥家了。

第 101 天

　　曼哈顿是全世界我最喜爱的地方之一，而我逐渐与之失去了联系，这实在令我感到遗憾。不过，几位忠实老朋友时不时地向我汇报曼哈顿发生的奇妙事件。下面记载的就是最近的一个事件。

　　下曼哈顿地区的金融区中心，一个交通要道上有一座 11 英尺（1 英尺 = 0.304 8 米）高的铜牛雕塑，是 1989 年为了庆祝华尔街从股票市场崩溃中恢复而修建的。设计者是出生于意大利的雕塑家阿图罗·迪·莫迪卡，他称这一雕塑象征着金融市场重现繁荣和活力，即"美国牛市长存"！

　　不久以后，另一座铜雕塑出现了，就在同一个基座上，不过它不受官方承认。雕塑只有 4 英尺高，面对铜牛，是一个梳着马尾辫的小姑娘被风吹起了裙摆，摆放这座雕塑的是女性权利支持者。令阿图罗·迪·莫迪卡感到意外的是，两座雕塑组合了起来，形成了全新的象征意义——"无畏的女孩挑战铜牛"；人们普遍认为，这标志着不屈不挠的女性精神向男性至上主义发起的挑战。

人们的反应大多数是持赞成态度的。小姑娘铜像暂时得到市政府批准，可以留在那里，但我听说，对于她能否永久伫立，还有不少争议。一位曼哈顿朋友问我有什么看法，以及这组雕塑如能永久留在华尔街金融区的话，我会给它们取个什么名字。

好吧，今天早上我想了这个问题。"无畏的女孩挑战铜牛"显然是不合适的。小姑娘确实看上去自信满满、无所畏惧，但这铜牛看上去却老态龙钟，所以这组雕塑在我看来完全不像"挑战"，而像一个耄耋之年的叔公和他耐心乖巧的侄女在花园里做游戏、逗乐子。所以，我建议这组雕塑的永久性标题为：

华尔街欢乐时光。

第 102 天

　　潮虫（木虱）就像微型的犰狳，我对它一直有特殊的感情。这小东西也叫"狮蚁"（"二战"中纳粹德国的 V2 飞行炸弹——巡航导弹的原型——就叫"狮蚁"）。我小时候很喜欢这圆滚滚的小东西，还给它取了个诨号："小球球。"我现在知道，潮虫是一种到处繁殖肆虐的害虫，对我家这样以木结构为主的房子尤其危险；我还了解到大多数种类的潮虫并不能把身体卷成球状，可是我的"小球球"却真的能变成球！

　　今天早晨我去洗澡的时候，看见那里有一只潮虫。它就像所有潮虫一样，无疑是从下水管里爬上来的；我也像以前一样，准备把它冲下去，用一点水流使它的下降之路更加顺利。

　　可是，它动都不动！它没有把身体卷成球状，而是紧紧贴在浴室地板上，在我的苦苦哀求下顽固不化。我只得把它刮起来，扔进下水管，并朝里面猛冲水，以让它快点下去。简而言之，我谋杀了它。

　　"哎，我非常抱歉，"我对它说，"我绝对不想对一位老朋友、终身同事和爱国者做这种事。请原谅我。"

　　下水管里没有回答，那冥顽不灵的"小球球"一声不吭。大自然不像从前了啊……

第 103 天

今天来说反讽，这一抽象概念融合了幽默、悲剧、世故、神秘和惊喜，一直让我迷恋不已。事实上，我写过一本有关反讽的小书，书中提到"二战"中的日本战列舰"大和号"，这是当时最强大的战舰。"大和号"拥有优美的外观和致命的武力，它无畏而无谓地奔赴战场，效率虽高却徒劳无益，格调十足却用于卑劣的目的——多么的反讽。今天早晨，就在我身边，有一种巨大的反讽正席卷整个世界。

一方面，窗外是我记忆中最明媚、多彩、愉快的春天。冬青树发出了嫩绿嫩绿的新叶，残留的雪花吹动了早开的风铃草，雏菊时不时顽皮地探出头来，报春花丛中隐藏着几朵番红花，到处都是鸟儿在急急忙忙地筑巢。一路上，昨天的羊羔现在已变成了初成年的绵羊，它们精力充沛，还故意不理母羊，以此显摆。总之，今天早晨的世界看上去恍若天堂。

可惜还不是天堂。这个世界正滑向地狱。

在花园以外，远离那些蹦跳嬉戏的初成年绵羊——想象一下别处的局势吧。一个国家的喜怒无常的领导人对另一个国家投下了迄今为止最大的炸弹，而另一个国家的疯狂元首正在怀着仇恨研发核弹，并向海洋发射导弹；第三个国家的领导人最近无情地用化学毒物杀害反对派，第四个国家正以扩张领土来威胁其邻国：地球的血管中悸动着毒素，那就是恐怖、偏执、贪婪和流离失所的苦难。

反讽！道路的前方有一棵高大漂亮的樱桃树，开满樱桃花的美景十分壮丽，就像诗人所言，"为迎复活季，身披白素衣。"[1]层层叠叠的樱桃花让我想到了战舰主桅上的雷达、测距仪等设备，因此我将这棵樱桃树命名为"日本战列舰"。

1　出自英国诗人 A. E. 豪斯曼（1859—1936）《最可爱的树》。

第 104 天

民主也许不是灵丹妙药，因为民主体制并不能解决当今世上的种种悲惨境况和政治困扰——我猜很多人有时这么想过吧。在纳粹、法西斯主义倒台后，曾经生活在这一专横制度下的德国人和意大利人不免感到几分失落，他们不得不像其他国家的人民一样摸索前行，寻求秩序。真是天晓得啊，他们至少有几百万人曾在专制政权的重压下受尽了苦，然而更多的人却自认在极权主义的管束中找到了安全和骄傲。我记得在 1946 年，当我称赞米兰令人心旷神怡的美景时，一位和我同年的意大利人回答，"啊，可你要是能看见墨索里尼在位时的壮观景象就好了！"

我有时候觉得，一位仁慈、文明、聪慧且有艺术气息的独裁者——比如丘吉尔——也许会比那些"你方唱罢我登场"的首相更适合当国家元首。不过，我马上记起丘吉尔本人的警句：民主是人类政治制度中"最不坏"的选择。

话又说回来，历史上公民们向专制政权效忠，并不都是由于意识形态的压力。我敢肯定，他们很多人并不是纳粹分子或法西斯主义者，他们只是尽爱国本分而已。

　　我也能够理解他们。"不管我的国家是对还是错，我都效忠于它。"这种卑鄙信条我恕难苟同。当然，在我的青年时代，我就像当时的大多数英国人一样，认为英国总是对的。当时丘吉尔向英国人宣扬，为了爱国事业，付出的"只有热血、辛劳、汗水和眼泪"，同时为了爱国事业，英国人必须接受对其自由的诸多重大限制——就差独裁了！除了一些有良心的勇敢反对者之外，公众舆论坚决拥护丘吉尔。推动英国人作出这一选择的不是政治意识形态，而是爱国主义；虽然这种不合逻辑的落伍情怀在今天的英国已受到了质疑和削弱，但不管它是对还是错，它仍能驱策人们行动或招致人们嘲讽。

　　今天早晨我下楼时注意到了书架最下面一格排开五本旧书，这是一套《皇家海军》。我忽然想到，这套书出版时，没必要说那是"谁的"海军。那就是海军，我们的海军，英国海军；那时候，我和其他英国人一样，为英国海军感到自豪。

　　过了一会儿，我在新闻上看见一支美国海军舰队的航拍照片。这支舰队包括一艘航母和五六艘驱逐舰，舰旗飘扬，劈波斩浪，以整齐的编队航行在某个遥远海域，开往某个热点地区。

　　我不知道这支舰队的任务是什么？但是一时返祖现象上身，不禁对这支舰队的所有者产生了艳羡之情。

第 105 天

　　由于一直在思考民主和相关问题，我开始想到，为什么英国人（至少在当今时代）看上去并不希求一位富有魅力的领导人？爱炫耀的右翼野心家早已风光不再（麦克斯·莫斯利[1]就是一例），左翼活动家也好景不长；至于丘吉尔，他刚带领英国打赢"二战"，就被一脚踢出了唐宁街。英国人似乎不需要英雄，也不欢迎圣人；我无法想象像特朗普这样的人物能在英国的大选中胜出。英国公众显然觉得黑白分明太刺眼了，他们更爱柔和的色彩。

　　所以，眼下看来，鉴于英国人拥有极为成熟的民主实践，他们选出来的首相往往是令人大跌眼镜的人物：一个未经考验的无名小卒，并非显赫名门，也非政治世家，只是或多或少被历史的偶然性相中，被扶上大位。这一制度有时卓有成效，有时则走进死路。不管怎样，英国公众显然从中得到了满足。这一制度并不

1　出身名门的赛车界大亨，曾任国际汽车联合会（FIA）主席，2008 年爆出性丑闻。

依靠竞争、对抗或抱负来决出胜负，而是像子女通过抽签来继承遗产；迄今为止，虽然各种意识形态此起彼伏，但这一制度的内在逻辑（如果可以称得上逻辑的话）仍屹立不倒。

作为一个老牌共和主义者，我希望看到的威尔士是一个偏右翼、紧密团结的小地方，不需要世袭君主这种荒谬的东西。至于英国，要是以后它选出了一个像特朗普这样的人物来当首相，我只愿这文明的古国继续独树一帜、异想天开、滑稽逗乐，保持人类的所有缺陷，传承其屡试不爽的胡扯闲篇。

第 106 天

说来你可能很难相信，像我这么个不可知论者，上星期天竟然去了波特马多克的特雷斯教堂，在加尔文派卫理会礼拜仪式上讲了话。别人把我的讲话整理出来，如下：

在我看来，基督教以及世界大多数主要宗教的基本驱动力在于其推崇的善良品质。善良无须确切定义，它代表了一切人本主义品质——怜悯、宽恕、慷慨、无私，如果必要的话，还有幽默。我们不需要神学家来为我们阐释善良的内涵，不需要某个闪闪发光的圣人来作为善良的范例，因为我们自从童年时代开始就已亲身体验了善良。

幸运的是，行善本身便是对行善者的回报——只有为数不多的抽象品质拥有这一作用，而善良是其中之一。行善并不只是如有些人所说的，为了得到永恒的酬谢；行善本身便是极大的愉悦啊！行善者乐在其中啊！

你越善良，你就越快乐。过去几个世纪以来，信徒们常通过鞭笞自身、斋戒等宗教手段做出痛苦牺牲以达到某些精神目标，而行善正是这些宗教手段的反面。

行善与苦修相反，你行的善举越广大，你在天堂受到的款待就越欢悦，或者正如我所担心的，你自身的满足感就越强烈！当然，你若行了善而感到有些志得意满，上帝必以其无比的胸怀宽恕你。所以行你的善吧！骄傲地行善，快活地行善，怜悯地行善，感恩地行善，大方地行善。行你的善吧。

讲完话回来，那晚我带着愉快的心情上床睡觉。上帝保佑那些虔诚的加尔文派教徒们！谁知道啊，也许他们真是对的呢。

第 107 天

　　每当有读者就我的某一作品给我写信，我回复后，总是习惯性地把来信夹进那部作品中作为留念（好心的朋友建议我只留下说好话的来信）。上星期，我碰巧翻出了一封写于几年前的来信，回首往事，我感慨颇多。我想，不妨和那位不知情的读者联系一下，感谢他的来信，并告诉他，他对我作品的回应多年来一直给我带来快乐。

　　他的电话号码就在信纸上方，我就拨了过去。没人应答，但这号码显然还在使用，所以我录了一条语音留言，感谢他多年前拨冗来信，祝他生活愉快，并希望他现在还喜欢看书；最后，我故作潇洒地说，希望他有机会的话再看一两本我的书。万一他听到我的留言，被我打动并决定和我交流，我还留下了我的电话号码。

　　但是很显然他没有听到留言，因为他没有打来电话。不过，我重新读了一遍他的来信，明白了原因。他在结尾处写道，"我早已退休，现在年过九旬……"

啊，实在是令人悲伤！我的留言张开翅膀，却飞入了虚空之中——可能来得太晚了，没能赶上他在这个世界的脚步。我只希望，他能在另一个世界听到我的留言，脸上带着高深莫测的微笑。

第 108 天

世界的这一边——欧洲民主国家，即我们以前说的"自由世界"——最近陷入巨大漩涡中。从黑海到波罗的海，各国卷入了一场纷乱喧嚣的选举浪潮。民意调查广泛进行，似乎那能代表民意；报纸被劫持，完全不讲真话；电视上根本没有什么有用的信息。只要有两个人谈话，就会说到选举、公投；无数政客喋喋不休，恳请大家认真履行作为公民的责任——投出自己的一票。

不久以后，这场万人瞩目的大剧就会达到高潮：这次英国大选，据我的观察，将对英国的国际地位产生长远影响。

与此同时，我的任务则是为圭内斯郡德怀福尔地区议会选举提出自己的意见（圭内斯郡位于威尔士，是全英国最具威尔士风味的地方）。我一向认真对待命运交办的任务；在这个重大历史时刻，我更明白我的庄严使命。昨天，我专程开车去市政厅投票。傍晚暮色中的天空彤云密布，似乎昭示着历史正在这一刻召唤我前来；命运的手指引导着我、推动着我，让我全速前进，在这宏大的舞台上扮演我命中注定的小角色。

市政厅大门紧锁。看不见竞选宣传画，听不见高音喇叭，也没有人戴着玫瑰花缎带。我问怎么回事，有人告诉我，因为没人反对威尔士党[1]的候选人，所以显然不需要举行竞选了。不过酒吧开着，可以去喝一杯。

1　威尔士的地方性政党，成立于 1925 年，主张威尔士独立建国。

第 109 天

我不知道你有什么偏好，反正我喜欢在开车时放音乐，可惜在威尔士的这个小地方，只有两个电台符合我对音乐的品位。我不要庸俗的流行乐，我也不要摇滚、饶舌乐，我更不要过于陈腐或过于先锋的音乐。我要的是舒心、熟悉的音乐。明白我的意思吗？所以我老是在"古典 FM"和"BBC 第 3 电台"之间切换，让这两个电台在我开车途中为我一首接一首地播放。比如，现在一打开 BBC 第 3 电台，正在放的是一位我没听说过的立陶宛作曲家的作品，曲调凄婉，略带斯拉夫风格，在我若有所思地开出家门口车道的时候，正可以作为我的"序曲"。哎呀不好，下面是一组中世纪牧歌，我小时候听够了帕莱斯特里那[1]的作品，从此这类音乐都让我心情低落。快，快，转到古典 FM！

古典 FM 正在放的音乐，即便对我来说也太老了——我猜也许是拉赫玛尼诺夫或门德尔松……不过不必担心，我敢打赌过一

1　帕莱斯特里那（1525—1594），意大利文艺复兴时期作曲家，创作的弥撒曲、牧歌等最为著名。

会儿它就会换成更有趣味且熟悉的曲子。等一下！这不是？在红灯处停留了不到一分钟，我就跟着电台哼上了一段莫扎特的快乐旋律……好了，现在快要到乐购超市，到处找银行卡的时候，是不是听够了音乐？想听点权威消息？那就换成 BBC 第 4 电台的新闻吧。

第110天

今天，我的思虑落在交通工具的运动方式及美学功能上。运动方式本身是极为令人赏心悦目的，大多数生物都以优雅的方式进行运动——当然不是所有生物都这样，想想螃蟹和可怜的猪。我们人类刚出伊甸园的时候，也许已具备了优雅行动的能力；现在，如果我们刻意如此的话，当然也能看上去十分优雅。不过，现在我考虑的是交通工具。骑马前行往往是一幅壮观的景象，驾驶帆船也令人心旷神怡；但在我看来，人类行动之美古已有之，却在机器出现后遭到了妨碍。

首先闯入画面的就是蒸汽机。在我印象中，煤灰、锈痕、烟尘、钢铁、噪声和混乱，这一切堆在一起，便是所谓的蒸汽时代，因此我向来对它无甚好感（尽管还有人卖力地鼓吹蒸汽机车的威力）。

然后，来了飞艇和飞机，这些在我看来还算过得去；不管它们是协和客机、波音梦想飞机还是齐柏林飞艇，都能带人类穿越天空，而且航行中还具备无愧于时代的优雅风格（直升机除外，它太吵闹了）。

那么汽车呢？汽车一开始是美学上的灾难，简直叫人啼笑皆非：一辆笨拙的马车，还没有马！可是今天的汽车在我看来，大体上已发展得较为成熟优雅了，当然它的缺点在于噪声及碳排放。一些比较优秀的交通工具，如公共汽车和过分华丽的卡车，就像"飞行的苏格兰人"[1] 一样对我有强烈的吸引力。

等一等！你有没有听到那轻轻的引擎声，像丝绸在天鹅绒上摩擦一样温柔，像天堂的呢喃一样真诚？这就是交通工具的未来：不久以后，电动汽车将风靡全球，在这种先进的汽车映衬之下，现有的所有型号都显得低劣、自私、粗糙，而人类在地上的运输方式将比肩天上神祇的宁静从容。

又及：如果你相信我有关电动汽车的预测，那你也太好骗了。

---

1 英国历史上著名的蒸汽机车，往返于伦敦与爱丁堡之间，20世纪30年代时单程只需7小时。

第 111 天

70多年来，我和我亲爱的朋友伊丽莎白相亲相爱地生活在一起。现在，老年痴呆症这一在现代人中悄悄肆虐的恶魔终于找上了我们。伊丽莎白不看我的日记，事实上她除了商品目录和园艺杂志之外几乎不看什么东西；她与我的谈话内容也逐月减少。她变得健忘，而当我提醒她时，她生气地否认。她对外人仍保有原先的热情好客，而对我则比较暴躁易怒。

老年痴呆症这该死的恶魔，悄悄地在人群中肆虐。我非常清楚，她现在这么健忘、暴躁，逐渐对世界失去兴趣，完全不是她自己造成的。我明白，我理解，但老年痴呆症也令我表现出性格中最坏的一面。这个恶魔对我和伊丽莎白都造成了伤害，它使我变得尖刻、不耐烦，让我违心地说出了刺耳的话。

还好，伊丽莎白非常了解我的刀子嘴豆腐心。善良本性总是使我们和好如初；在我们一起相亲相爱生活的那么多年里，即使伊丽莎白再暴躁，我再尖刻，我们上床睡觉前仍给彼此一个甜甜的和解之吻。

下地狱吧，老年痴呆症！

第 112 天

那天，有一件可怕的事发生了。虽然我不太理解，但事实是在世界的某个地方，某些搞敲诈的电脑高手，通过神秘的网络技术直接修改了 150 个国家的组织和个人的公私信息，以此勒索赎金。[1]

一夜之间，150 个国家中招！那是各大洲说无数种语言的几百万人啊！他们还遵从不同的意识形态和宗教信仰呢！这肯定算得上历史重大事件了吧？而且说不定和我也有关呢，因为昨晚在拉纳斯蒂姆杜伊的铁犁酒吧，我没法用我的银行卡付账。这个世界怎么了？

我身边似乎没人担心。报纸上人们表示担忧的仅仅是这一网络袭击对英国国民医疗服务体系——当然还有中国、俄罗斯甚至哈萨克斯坦内陆的几千所医院——会产生什么灾难性后果，而关于足球、国内政治和特朗普总统的新闻则甚嚣尘上。

1　这里描写的可能是 2017 年发生的全球勒索病毒袭击。

当你读到这一篇时，这次网络袭击可能已成旧闻，差不多被人们遗忘了。可是在我的心中，这一事件是一种不祥的预兆：如果几个罪犯就能扰乱 150 个国家的生活和经济，那么更厉害的邪恶黑客又能对每个人的安全——乃至健康和道德——造成多大的破坏啊！

简直不敢想象。

第 113 天

今天再来谈谈让我念念不忘的反讽。"一战"刚开始,英国舰队北上前往斯卡帕湾[1],温斯顿·丘吉尔对当时景象的描述让我钦佩不已。他说,那些战舰"就像巨人忧心忡忡地俯首";昨天我沿着车道走回家时,这句话似针般刺入我的脑海。时值初夏,那是一个经典的威尔士傍晚:大片的绿色间杂着几缕黄色,车道灰扑扑的,树木郁郁葱葱,远处是暗绿色的群山,更远处的地平线上则是一抹军舰灰。

我不是巨人,但我感觉我和那些战舰一样,确实在"忧心忡忡地俯首"。这种情况是常有的吧?突然之间,我就像接到了最后通牒,被担忧、悲伤和悔恨所占据。

昨天傍晚,当我走路回家权当锻炼的时候,反讽这老朋友又跳出来兴风作浪了。这傍晚的小小天堂里有大自然为我安排的田园风景,为什么偏有那么多不快和苦痛像幽魂一样闯进来?那些

1　位于苏格兰最北端,是英国海军主要基地之一。

开往斯卡帕湾的古老战舰没什么好反讽的；它们是去参战，如今相当一部分沉睡在日德兰的海底。[2] 至于我，"振作起来，简，"我对自己说，"这不是世界末日（至少我希望不是），你也不用参战（拜托，你都 90 岁了），而且反讽理所当然是充满了矛盾的。"

我回到家后，找出了托马斯·哈代[3]写的一首诗，我以前依稀记得的。诗人一开始想到世间万物的悲惨之处，不由得悲从中来，但后来听见"一只脆弱、瘦削、小巧，被风吹乱羽毛的老鸫"在夕阳下唱起了欢快的歌，心情受到鼓舞，从悲伤中走了出来。

我在这首诗中找出了一个特别的词。哈代告诉我们，这只脆弱瘦削的老鸫"却决心把它的灵魂，抛向浓浓的黑暗"。"抛"，好样的，我的小小鸫鸟！这就是反讽的另一个用处——独特的指导作用。"别闷闷不乐的，简，"我把诗集放回原处，并对自己说，"把你的灵魂抛向黑暗吧！"

---

2 日德兰半岛是丹麦的大陆部分。1916 年日德兰海战是历史上最大规模的海战之一，交战的英国和德国均遭受严重损失。

3 托马斯·哈代（1840—1928），英国诗人、小说家，最有名的作品有《德伯家的苔丝》《无名的裘德》等。

第 114 天

今天是 2017 年 6 月 11 日，我得承认，在我这懒惰的笔记里面，今天似乎是我身边所有一切的谷底。不管我东看西看，上看下看，往里看往外看，不管是向宗教寻求慰藉还是向艺术祈求启迪，不管是在美国还是在欧洲，不管是在战火纷飞的中东还是在惨绝人寰的厄立特里亚难民营，我能找到的只有"混沌"。我想这并不是《圣经》所载的终极混沌——我的思想日记毕竟才写到第 114 篇——但事实上，这会儿我正一边喝着玉米麦片一边思考的时候，很久以前我当兵时学到的一个缩写回到了我的脑海，这也算是一种苦涩的慰藉吧：

SNAFU。

意思是"情况正常，一团糟"。

即便在那久远的年代，它就是这个意思了。

第 115 天

　　我很荣幸地成为英国皇家建筑师学会的荣誉成员，这说明我已得到公开嘲笑建筑师的官方授权。

　　当然了，公开嘲笑建筑师这事我没做过几次——其实只有一次：理查德·罗杰斯[1]设计的卡迪夫国民议会大厦受到人们普遍推崇，但我认为这幢大楼缺乏威尔士风格，因此对其嗤之以鼻。不过，我现在也开始认识到：城市本应是建筑师专业关怀的终极对象，但世界各国很多建筑师已不再认为城市本身即是一件艺术品，一种象征和宣言。

　　1802 年，威廉·华兹华斯在威斯敏斯特大桥上赞叹伦敦的风景："大地不会显出更美的气象。"要是他现在来伦敦走一走，看一看，不知会怎么想。现在伦敦城里触目所及的是一片粗鄙的

1　理查德·罗杰斯（生于 1933 年），英国建筑师，设计作品包括英国"千年穹顶"、香港汇丰银行大厦、巴黎蓬皮杜艺术和文化中心等。

建筑大杂烩，如碎片大厦[2]、"小黄瓜"[3]、苍鹭大厦[4]、"奶酪刨"[5]、"对讲机"[6] 以及一大堆俗气夸张的公寓楼，这些建筑在设计时就没有考虑彼此的和谐关系，更别说对城市的整体影响了。

我想，现代大都市的第一个原型应是曼哈顿，因为曼哈顿是随着摩天大楼的兴起而逐渐成形的。明智的规划限制，贯穿了曼哈顿的发展；高瞻远瞩的建筑师，构想了曼哈顿的城市风格：到了 20 世纪 40 年代，曼哈顿已拥有绝美的城市天际线和街景。今天依旧如此：虽然在体量和名气上，曼哈顿已不再鹤立鸡群，岁月也在它身上留下了沧桑的痕迹，但它仍是人类创造力的光辉象征。

可惜啊，曼哈顿已不再是所有城市的榜样。看看现代那些拔地而起的新兴城市吧！就拿卡塔尔首都多哈来说，这是全世界最富裕的城市之一，以前我记得它只是个不起眼的阿拉伯渔村，现在则因石油贸易的暴利而成为资本主义的直观缩影、"冒险家的乐园"。多哈是一座海滨城市，但是从海上看多哈的话，城中并不见人类进取心的自豪范例，甚至连献给石油及其作为首都地位的纪念碑都没有，触目所及只有各种形状和材质的建筑物，构成了稀奇古怪的一排陈列，倒是有几分像一个小孩在炫耀他的饼干桶。多哈的崛起依靠的不光是石油财富，还有数不清的文化发展项目，但这些在其建筑中都没有体现：没有令人耳目一新的城市天际线，

2　位于泰晤士河南岸，是欧洲第二高建筑。

3　圣玛丽艾克斯 30 号大楼，原为瑞士再保险公司总部。

4　伦敦金融城的地标性建筑。

5　伦敦金融城的最高建筑。

6　伦敦金融城的地标性建筑，带有弧度的玻璃幕墙能聚焦阳光，让楼边一些位置温度升高。

没有对伊斯兰文化的巧妙借鉴，更没有从威斯敏斯特大桥望出去的风景。

我明白，我明白，这应归咎于金融资本，但事实上金融资本也能得到有尊严的表现。好多年前，我坐船从纽约抵达伦敦，当船从伦敦塔桥下面通过时，乘客们看见了伦敦金融城（当时仍是世界金融中心）那些朴实无华、令人颇感压抑的建筑。"那就是伦敦金融城？"和我一起倚着栏杆的一位美国女人质疑道，"上帝啊，我还以为会雄伟得多呢！"我以为，建筑不需要迎合观众来表达其意义；那些老房子固然灰暗、沉闷，但伦敦金融城也是如此呀！两者就像艺术与象征主义，相得益彰。

不管怎样，这就是我的看法。我认为太多的建筑师把名利放到第一位，而忽视了艺术、美、志向、哲学、人心以及从桥上望出去的风景。

（理查德·罗杰斯爵士给我来信，温和地提醒我，他的曾祖父主持修建了意大利的里雅斯特的一些最有名的 19 世纪建筑工程，其中包括我非常喜爱的通往奥匹齐纳的缆索铁道。从此以后，我积极宣传罗杰斯的卡迪夫国民议会大厦是极好的设计。）

第 116 天

最近我病了，不但住了院，还在家里卧床不起，忍受着肾衰竭带来的奇怪幻觉，感到自己实在是悲惨无比。家人、邻居和朋友的精心照料让我挺了过来，今天，谢天谢地，我终于可以驾车了！

我心爱的本田家用 C 型，这老破车仍能满足我这老人的赛车梦，现在它正忠诚地停在院子里，等待我的召唤；秋叶落在它的发动机罩上，又因夏日灼热的阳光而皱卷起来。这老朋友，期待着点火钥匙的轻轻一转……

天啊，要是……不会，电池满满的，手刹关着，六挡变速器随时听我调遣。我系好安全带，在座位上扭了扭坐得舒服点，随着一阵轰鸣，我发动了车，缓缓驶出院子，穿过摇摇欲坠的大门，经过一片农田，驶上颠簸的道路，然后，我就像蟾蜍先生[1]一样，出发啦！行驶在高速公路上，无限的广阔天地都在我面前！

1　英国作家肯尼斯·格雷厄姆童话小说《柳林风声》中的人物，追求冒险刺激，喜欢外出旅游。

汽车内燃机虽然在其使用期内干了不少破坏环境的缺德事，排放了无数废气，让后代遭殃，但它让我和亿万人（也包括蟾蜍先生）享受到了在开阔道路上飞驰的自由，因此在内燃机被更清洁、更环保的先进发动机所取代，从而退出历史舞台之前，我要在此时此地，从排气管里排放一通有毒废气，摁响车喇叭发出一声俗气的"嘟嘟"，以表达我对内燃机的感激之情。

第 117 天

啊，我至今仍能想象，曾姨母阿加莎在她垂暮之年，挣扎着从床上爬起来，在她的东西里东翻西翻，找出一样来给当时 8 岁的我当生日礼物。我和她不太熟，关于她的一切几乎都忘了，但我对这一幕有清晰的记忆：我拆开她寄来的小小包裹，里面是一把破旧小折刀，锈得不成样子，根本打不开。

她花这么大工夫翻箱倒柜，就为了找一件礼物，让一个小孩开心！她花这么大心力，细细把刀擦干净，包起来，然后用颤抖的手写上我的地址——然而不管她还是我，平生都未曾用这把小折刀切过一个苹果。

明天就是我的孙女蓓歌的 9 岁生日，因此今天我更加真切地回忆起曾姨母阿加莎送我小折刀的那一幕。我也是垂垂老矣，并且暂时卧床不起，而我能想到的给小孙女的最好礼物就是我自己想出来的一首傻里傻气的童谣和我自己拼贴成的一张漫画明信片——一半是巨石阵，一半是克里西斯镇……

小孙女会开心吗？也许吧，不过更多的应该是失望吧，因为没有得到更好的礼物。她会感激吗？这小甜心，我想她会感激我，而且会理解我，因为我那时摆弄着曾姨母阿加莎的小折刀时，也能够理解，这已经是老太太所能想到的最好礼物了呀。

　　生日快乐，亲爱的蓓歌，也请你原谅我吧！

第 118 天

亲爱的朋友们，如果哪天我产生了舍弃一切的念头，那就是今天，2017 年 6 月 29 日。今天，从整个广阔世界传到我这个威尔士偏远地方来的消息，说的都是冲突、灾难、欺诈、悲剧、忧伤和凄凉。从布鲁塞尔到巴西，从可怜的美国到倒霉的伦敦，还有卡塔尔、也门、乌干达和摩苏尔，所有的地方看上去都是一模一样的、彻彻底底的苦难与厄运。人们有精力毕生从事政治、经济上的对抗，这一点实在让我难以置信；我猜想，在世界各处肯定有几百万像我一样的人，他们有时产生了舍弃一切的念头。

对我来说雪上加霜的是，我看了英联邦女王在威斯敏斯特[1]宣布"议会之母"[2]下一次会议的民选政府政策，这是一次盛大隆重的传统仪式，在电视上播出。这个仪式气势宏伟，颇具历史风味，喇叭齐鸣，彩条招展，大批卫兵身着整齐制服，带流苏的软

垫上摆着英联邦王冠，年过九旬的英国女王精神矍铄地宣读声明——这些都是一个国家悠久传统的有力展示。

这样的仪式重现了辉煌的历史文化，形象地展示了一种重要而独特的国家成就（你是否认同则是另一回事），在不久以前还是令人动容的演出。可是，所有这些恢宏壮观的景象，昨天在我眼中都变成了不着边际的胡闹，甚至到了荒谬可笑的地步。

我在郁闷和绝望之中关上了电视，为了调剂心情，开始放一张旧得开裂的唱片，听很久以前一个澳大利亚音乐喜剧中的一首歌。那歌粗犷、质朴、真诚，好似来自另一个时代，另一个世界。歌中唱道："哎呀，可爱的多琳，我要向你脱帽致意；你愿意的话，我就是你的人啦！多琳，你是我见过的最可爱的姑娘，我要向你脱帽致意……"配的是澳大利亚的喧闹旋律，我现在就可以用口哨吹给你听；它让我那么快乐，我希望也让你快乐起来！

哎，可是你不会快乐，你也许只会苦笑；我想，那可怜的女王，或各种争权夺利的政客、贪得无厌的资本家，或全世界顽固不化、愤世嫉俗的人乃至恐怖分子，都在这样苦笑着吧。

吹口哨有什么用？如今没人吹口哨了。

第 119 天

　　我好希望我能欣赏当代说唱乐——我是说真的！这会儿，我的收音机里正传出格拉斯顿伯里音乐节[1]的说唱乐，令我如堕五里雾中。歌词有意义吗？歌曲有旋律吗？为什么能让那么多听众立即陷入陶醉状态？我无意贬低说唱乐的艺术价值，我只是希望能够理解它，欣赏它。

　　这很明显是与年龄有关的。我敢肯定，有几百万像我这样的人，上一次听到心里去的音乐是披头士[2]；当然，还有鲍勃·迪伦[3]、大卫·鲍威[4]和谜一样的莱昂纳德·科恩[5]，可以说他们造就了不朽的《修道院路》[6]：这些音乐家以其艺术创作成为我们这

1　世界上规模较大的露天音乐节，在英格兰西南部的皮尔顿举行。

2　英国摇滚乐队，1960 年由约翰·列侬等四人在利物浦成立，1970 年解散。

3　鲍勃·迪伦（1941 年生），美国摇滚乐歌手、词曲创作人，2016 年获诺贝尔文学奖。

4　大卫·鲍威（1947—2016），英国摇滚歌手、演员。

5　莱昂纳德·科恩（1934—2016），加拿大音乐家、歌手、作家。

6　披头士的第 11 张录音室专辑，1969 年发行，被誉为该乐队的集大成之作，其名称来自伦敦百代唱片录音室所在街道。

一代人的精神慰藉。

当今有没有与这些音乐创作者享有同等成就的？我是不是需要读一些当代音乐注释，以了解"那是光芒进来的地方"[7]？是我的原因吗？我对艺术一窍不通？

格拉斯顿伯里音乐节的喧嚣嘈杂，也许预示了一种冷漠沉闷的时代精神。啊，上帝，求求你，让时代变迁快些到来吧！

7　出自莱昂纳德·科恩的歌曲《颂歌》："万物皆有裂痕，那是光芒进来的地方。"

第120天

我忘了以前有没有提到过我对古罗马诗人奥维德的羡慕之情。[1]公元8年，他被罗马帝国皇帝屋大维·奥古斯都逐出罗马，流放至偏远地区；我读到这一段历史后，在多年前的一次旅行中决定专程去拜访黑海边的托米斯，那是奥维德度过生命最后几年并写下不朽诗篇的地方。托米斯现在名叫康斯坦察，这个美丽的罗马尼亚港口城市深得我心。我那时想：面朝大海，荷锄栽花，吟诗作曲，度过余生——这样的流放生活岂不令人称羡！

奥维德又一次进入了我的思绪，这是因为我自己也过上某种暂时的流放生活了。如今我卧床不起，受到物质、家庭和哲学等种种牵挂的羁绊，我目前已宣布"退出江湖"，谢绝一切约稿，闭门不见访客，终日无所事事。然而我很开心！这生活叫人陶醉！奥维德在流放中必定很熟悉他荷锄栽花的花园，我现在也对我的花园了如指掌，了解每一株植物，从可爱的紫罗兰到生长多

---

1 见"第16天"。

年、遮天蔽日的西卡莫槭；画眉在树丛中盘桓，喜鹊优雅而调皮，鸽子常来常往，松鼠爬上爬下——它们越来越像家庭朋友了。

现在我的唯一事务，就是在我有空闲时力所能及地记录下我的思想日记。我几乎没了收入，但我的花费也少。我就像昔日的处女祭司，"遗忘世界时，也被世界遗忘。"[2]

罗马帝国皇帝并未取消对奥维德的流放判决，但我的奥维德式流放生活终会告一段落，因为我的疾病会痊愈，我将恢复活力，不再是一位被世界遗忘的贞女。电话会再一次响铃，互联网会再一次让我不知所措，世上种种侵蚀人心之物，又将开始新一轮的蚕食。再见，喜鹊，你们这些耍赖的小可爱！再见，尊敬的西卡莫槭爵士！

* * *

好的好的，我会打给你。你说的是星期一？多少字数？等一下，有客人在门口。很高兴收到你的邮件，我想我们会达成一致的。你会通知我？好的，保持联系。你是说星期二？给我发个邮件。什么？谁？名字怎么写的？

---

2 见"第21天"注释。

第 121 天

这篇是昨天的补充。我最近受肾病折磨，在医院就诊的时候，发生了一件奇怪的事。我要等一张病床空出来，只得在拥挤的公共区域来回踱步。到了傍晚，两辆装饰华丽的古式马车开了进来，小心翼翼穿过人群，驶向医院内部；它们显然是去参加某种狂欢节或者展览。

那两辆马车是干吗的，去什么地方，我问不出个所以然来；第二天，我躺在病床上，向好心的护士打听，昨天是怎么回事。

没有怎么回事，护士回答，那两辆装饰华丽的古式马车并不存在。这是一种幻觉，肾病患者的多种常见症状之一——我现在才知道。所以，我亲爱的病友们，如果你的卫生间里有大象宝宝，或者示巴女王[1]给你来信，不必惊讶；这些只是肾病造成的幻觉，都会过去。

如果你有过肾病幻觉，请给我写几句话说一说吧。我的侄子是阿森纳足球俱乐部的亚伯拉罕·林肯，可由他转交。

---

1 《旧约》中提及的阿拉伯女王，曾来到耶路撒冷拜访所罗门王。

第 122 天

今天，英国首相特蕾莎·梅出发前往汉堡参加所谓的 G20 峰会，与世界各大国的领导人开会。我好同情她啊！要是早几十年的话，她代表的是一个富庶、强大、具有话语权的文明古国，这个国家拥有无与伦比的历史经验、自信和声望，在历史舞台上扮演着独特而突出的角色。可是，看看我们可怜的梅女士在当代的地位。曾几何时，我们这些英国人自豪地认为自己是民主先驱和捍卫者，是一个战无不胜、历史悠久、技术先进、善于发明创造的民族，拥有丘吉尔和莎士比亚、牛津和剑桥、世界知名的科学家和运动员，而且以其幽默感和诗歌享誉全球——然而那个时代属于梅女士的前任们，那时的魅力现已不复存在了！如今美国等大国以其金融实力称霸世界，其统领全球的志向也是方兴未艾；当梅女士在这些朝气蓬勃的现代国家的领导人中就座时，留给她的旧时英国的魅力还剩什么？

在我看来，并不是联合王国（英国）玷辱自身，而是它失去了作为一个伟大国家的天赋。它通过它的行动，几乎是故意地使自己屈居二流国家的行列；这样，伊丽莎白女王的首相下星期在汉堡 G20 峰会上发言时，其他国家领导人想必有一部分会对她感到几分怜悯。

对英国人感到怜悯！上帝啊，英国人怎么走到了这一步啊？

第 123 天

　　昨天，你有没有听见我哭？我的电脑在不经意间给我造成了骚扰，让我不禁流下了眼泪。上午，一个男人突然给我打来电话说，我如果想继续用电脑的话，就必须如何如何。我不知道电脑出了什么问题，那人解释说，我们这个地区出现了技术故障，我必须紧急处理一下，才能使我的电脑服务不被终止。他说话彬彬有礼，循循善诱，可是他的外国口音太重了，我都听不太懂他到底要我做什么（比如为了保持上网状态还必须同时按下 Ctrl、E 和 PgDn 键），我甚至不明白他的同事在抢修时我为什么要保持上网状态。他说，他会一直帮助我的。

　　整整一天，那人和他的匿名帮手一刻不停地纠缠我，一会儿打来电话，一会儿发来数字提示和令人摸不着头脑的技术警告。他们坚持不懈，最后我筋疲力尽、泪流满面，向他们举了白旗。我违背我的良好判断力，极为荒谬地、有气无力地向他们吐露了我的经济状况——我明明是知道不应外泄的（我希望你也知道）。我就像被催眠了一样，告诉了他们我的所有重要信息——也许我真被催眠了？

昨天晚上，我终于意识到我做了什么蠢事，于是今天一大早我给所有人打电话，通知他们所有事都不作数。真是天降好运，我没有任何损失。我已从我哭哭啼啼、恍恍惚惚的状态中恢复过来，开始责备自己的愚蠢，并诅咒那些挨千刀的坏蛋——不管他们是谁，在哪儿，他们怎么忍心对我这么个与世无争的老年人下手？

这帮人今天上午又打电话来了，但是我的反应已截然不同了。这些网络罪犯，我希望他们在地狱里烂出蛆来。

第 124 天

今天早上，人行道上一位坐着轮椅的老太太请我为她的慈善事业做一点贡献。我的钱包里没有钱，我只能遗憾地对她说抱歉，不过等我走出几英尺后，我在我的提包底层找到了几个硬币。我赶快回去，把硬币全放进她的募捐箱里，并为我的悭吝道歉。我真的只有这么点，我告诉她——真的！

她原谅我了吗？她说"谢谢"了吗？（虽然我捐得少）她对我微笑了吗？都没有——现在的老东西都这样。不过她毕竟在早晨的寒风中坐着，为慈善事业募捐，而我却扬长而去，准备用信用卡付账，享用一顿美美的卡布奇诺。所以我觉得道德的天平是向她倾斜的，你觉得呢？

第 125 天

我们的小村子拉纳斯蒂姆杜伊位于威尔士西北海岸，村口有个路牌指向劳合·乔治[1]之墓。我时常想，有多少外地人（特别是外国人）知道这个名字啊。劳合·乔治之墓？这人是谁？干什么的？他是个政客，要知道政客的名声可不像他们期盼的那样持久。

大卫·劳合·乔治恐怕就是最好的例子，尽管他是最有名的威尔士人之一。虽然在拉纳斯蒂姆杜伊，人们还没有忘记他，但那些从路牌边呼啸而过的摩托车手，有谁知道这名字意味着什么？人们更能记住上千个男女演员的名字。今天的《太阳报》头版头条就是"神秘博士将首次由一位女性饰演"[2]，这条新闻在重要程度上远超有关战争、政治、经济、政府命令和治国方略的

1　大卫·劳合·乔治（1863—1945），英国政治家，1916—1922 年间担任英国首相，是唯一一位威尔士人首相。

2　《神秘博士》是英国广播公司出品的科幻电视剧，1963 年开始播出。2017 年，茱蒂·惠特克成为第 13 任"神秘博士"。

消息！

尽管如此，亲爱的读者，不管你来自雷克雅未克、迈阿密还是莱瑟黑德，如果你经过我们的小村子，请务必花一点时间来拜访劳合·乔治之墓。这是一位重要人物的宁静安息之地。威尔士人大卫·劳合·乔治长眠在一个山洞中，上面有一块大石头，旁边就是我们的小河德怀福尔，他生前喜欢在河边坐着思考。当你在他的墓前逗留时，你也许会记得，很久以前，大英帝国的首相控制着世界的大部分并对数百万人有生杀予夺的权力，而那时劳合·乔治一度掌握着军队乃至国家的命运。

劳合·乔治在路边的一间小木屋里长大成人，后来成为全世界最有名的人之一。他长眠的山洞周围，已不再有他昔日的荣耀，而当你慢慢踱回你的车，你也许会记起另一位访客在另一座墓前的轻声低语："恺撒大帝死后化成泥，为了防风拿去补破壁。"[3]

又及：我的图书馆里有一本劳合·乔治签名的《圣地历史地理全图》（伦敦，1915 年）。1917 年，时任英国首相的劳合·乔治将另一本亲手签名的《圣地历史地理全图》赠给埃德蒙·艾伦比将军[4]，以鼓励这位指挥官率领英国皇家陆军从土耳其人手中夺取耶路撒冷。遥远的耶路撒冷，也有风吹拂；为了防风，谁可堪拿来填补？

---

3 出自莎士比亚《哈姆雷特》中哈姆雷特在奥菲利亚墓前的戏谑之语。

4 埃德蒙·艾伦比（1861—1936），英国陆军指挥官，在 1918 年的美吉多战役中击败奥斯曼帝国，夺取了巴勒斯坦、黎巴嫩和叙利亚。

第 126 天

　　年纪越大，我就越喜欢我的图书馆。我就是喜欢在图书馆里漫步，不时抽出一本书来，为的是刷新对其记忆，或是在书页中找一封老朋友的来信，或是想起一个曾给我带来快乐的词语、短句，或是重温一种 40 年前令我恼火的感受——现在还令我恼火吗？抑或只是当时不谙世事，匆忙下的判断？我喜欢整理我的书，按类别或尺寸将它们排齐，要是有一本书因为书架空间或书本形状的问题只能横着放，我只得向它道歉，因为我总觉得，对书来说，竖着放意味着尊重，而横着放则意味着斯文扫地的命运。这样肯定要花费大量时间，但我现在已处于半隐退状态，能在图书馆里这么多老伙伴的陪伴下度过残生，这真是我的极大欢喜啊！且不说还有新朋友不断加入呢，要知道作家生涯的一大好处就是，出版商会不断送书来请求写书评。（伦敦以前有旧书店，专门从穷困潦倒的年轻评论家手中收购他们已写过书评的书。我不知道现在还有没有这种旧书店——也许年轻评论家已不像以前那么穷困潦倒了？）

我的藏书中，珍品其实不多，但我的所有藏书都是我的好伙伴，它们属于我！有几本是我继承的遗产：一些古希腊经典、《哈克贝利·费恩历险记》、英王詹姆斯一世钦定版《圣经》、一两本狄更斯小说、一套巴尔扎克作品集和我的曾曾祖父于1877年个人出版的埃及纪行（很不幸，已发霉了）。

　　其余的都是我多年来收藏的，我在每一本书中都写明获得该书的时间地点，这已成为一种富含个人感情的记录，或者说，是我整个人生的宏大记载。来我家拜访的一位客人评论说，这些藏书就像许多老朋友一排排坐在那里，它们和我一同进退，兴衰与共——我笑了，它们也笑了，我哭了，它们也流下了眼泪；我有时多愁善感，有时欢天喜地，它们也一样！

　　不过我的藏书啊，它们基本上已过时了，哎呀，就像我一样。

第 127 天

在这个奸猾乖戾的世界，却有这么一位做好事的人。一位邻居，也是我们一生的朋友，昨晚登门拜访，对我们说起了她最近去澳大利亚的经过。她丈夫非常想见到在澳旅居的兄弟，因此她陪着一起赴澳，但是有个不大不小的困难：她丈夫最近做了次切除癌组织的外科手术，总算救回一命，可没了胃，只能靠注射进食。

那么我们的好人有没有知难而退？才不呢！两口子先从威尔士乘火车抵达伦敦，然后飞往迪拜，中转后飞抵珀斯，直线距离近 9 000 英里（1 英里＝1 609.344 米），而他们还是经济舱往返！你能想象那有多辛苦吗？在机场排队，接受边防检查、行李检查，搭乘机场大巴、出租车，在各种柜台前排队，翻找护照——时不时地，我想，他们还要用上那无情却救命的注射器。

两口子安全地回到了家。这位勇敢的邻居朋友说着这次长途旅程，仿佛他们只是去卡迪夫看了场橄榄球。上帝（如果真有上帝的话），请留意这位好人吧。

第 128 天

　　鸟儿对我来说是一个谜（鸟类的迁徙甚至让鸟类学家也迷惑不解），但更令我感到困惑的是蝴蝶。蝴蝶飞舞为哪般？在我的家乡，只有很平常的寥寥几种蝴蝶，而我最感兴趣的就是最平常的那种花园白蝴蝶。根据 W. S. 科尔曼的《英国蝴蝶》（1896 年出版，就在楼下图书馆，《渡渡鸟及百鸟》旁边），我认为这就是"白蝶"，况且我也觉得"白蝶"这个名字很适合我所说的平凡蝴蝶。有时候，一些更珍稀的品种飞进我的花园，我认为是"红纹蝶"或"小红蛱蝶"，它们在花丛中来回穿梭，辛勤取食，因此看上去举止较有逻辑，而"白蝶"在我看来就是十足的蠢萌。

　　白蝶通常是一对一对地来，它们漫无目的地在花园中东游西荡，偶尔在一朵花上停留一两秒，但大多数时间仍是兴之所至地这里飞一下那里飘一下，或者原本一对的两只蝴蝶突然间莫名其妙地以极高速度分开。它们极小的身体里肯定有极大的能量，因为我观察到，它们有时以至少 40 英里的时速猛冲一阵，然后明显灰了心，失去了活力，接下来又无精打采地飘着玩。

白蝶到底是怎么回事？一个物种真能像这样，完全不需要有意识的目的？科尔曼在他关于蝴蝶的百科全书中做了详尽的解释，不过那天下午我问一只来访的红纹蝶，"白蝶到底是怎么回事？"它轻轻敲了敲脑袋一侧——当然了，是用蝴蝶的方式。

第 129 天

　　老顽固总算也能遇到舒心事啊。最近，大多数电视节目，不管是新闻播报还是电视剧，都让我反感，以至于我几乎成了现代社会的半文盲了。这一次，我和美国总统特朗普观点一致，我也觉得那些电视新闻多半是假的，那些所谓专家多半是收了一大笔钱的骗子。对于《星球大战》《白宫风云》《唐顿庄园》，我是完全没法欣赏；比尔博[1]和他的霍比特人作为小说角色时，我尚可接受，而一旦被搬上银幕，我便失去了兴趣。

　　所以，J. K. 罗琳所创造的哈利·波特和他的小伙伴们，虽然在全球热销，却从未引起我的注意。不过在昨晚，一切都不同了！昨晚？是的，而且我还不是读原著呢。晚饭后，我随手打开了遭到我强烈鄙视的电视，结果看到了英美合拍的哈利·波特系列电影之一——我被深深吸引了。我不知道是哪一部，不过电影里有数不胜数的巫师、学霸、恶棍和魔法情节，让我不能自拔。

1　英国作家 J. R. R. 托尔金（1892—1973）的奇幻小说《霍比特人》中的主要人物。

通过巧妙的摄影角度、剪切和透视，这部电影展示了高超的制作技术，这我能看出来。同时，我认为这部电影具有很高的艺术价值，部分原因是一些著名的英国演员在片中穿着千奇百怪的戏服，运用典雅的措辞为全片的表演带来了一种特别的格调。而且，片中所有配角和龙套在我看来都极为出色、可信。不过，最主要的原因在于，这一幻想故事的概念（不管其载体是书还是电影）本身就是一件艺术品，令我印象十分深刻。

　　这完全是不期而遇的快乐。我这么晚才认识到哈利·波特的魅力，现在才知道，原来片中的小演员们——我自然从未听说过——已经是国际巨星了。不过，这至少让我精神一振，认识了一个全新的（好吧，比较新的）作品系列，甚至决定再看一遍《霍比特人》呢。

第 130 天

　　每天早晨，我把我的早餐（牛奶什锦粥、茶、烤面包和苦橘酱）从厨房取出，带去图书馆，在那里一个人用餐——伊丽莎白还没起床呢。

　　吃早餐的过程是一种仪式。橘酱共有七种，每天轮换；茶是川宁牌的"英格兰早餐茶"；牛奶什锦粥是"特制干果和果仁"；我的早餐盘则要追溯到我和纽约《滚石》杂志编辑的交往。几年前，他们设计了一套优雅的新字体后，给我寄来了 26 个字母的设计图，还附上了设计师的亲笔签名和一些客气话。我将字体设计图改装成了一个早餐盘，还带有印花把手；每天早晨，我用这个早餐盘托着食物，在房间中走动。所以呀，你看，吃早餐就这样带上了仪式感。

　　昨天，我不知怎的忽然想到，要是把手里的一大堆东西全扔到地上，该有多好玩啊！"英格兰早餐茶"、"特制干果和果仁"、"新家"特制橘酱、《滚石》经典字体、带印花把手的早餐盘等，哐当一声砸地，马上一片混乱，丰盛的早餐四处飞溅，成为一摊黏糊糊的烂泥，从一个房间溢到另一个房间！难道不值得为此写一篇日记吗？

这么做其实也不是什么新鲜事。我记得很久以前的一部好莱坞喜剧片中，在一个极为奢华的晚宴上，餐桌铺着极长的桌布，上面摆放着令人目眩的餐具和食物，这时一个当红笑星——可能是丹尼·凯耶[1]——非常夸张地一把将桌布抽走，不但造成一地杯盘狼藉，更对这本就十分荒唐的场面进行了辛辣的嘲讽。我很喜欢这样的出格表演，从此以后就下定决心，只要有合适的机会，我也要这么干。

我昨天就这么干了！不过只是在想象中。像往常一样，我一本正经地吃完了早餐；伊丽莎白舒舒服服地躺在床上，全然不知隔壁房间里，我的头脑中正上演一出胡闹大戏，她也不会一下床就发现，橘酱、茶水和什锦粥四处流淌肆虐，把各个房间搞得黏糊糊湿答答的一片！

下次吧！

1　丹尼·凯耶（1913—1987），美国演员。

第 131 天

　　艾斯特福德节这星期就开始了，这个著名的威尔士文化盛会每年在威尔士各地巡回举办，今年就在离我家不远的安格尔西岛；然而，我从来没有去过任何一届艾斯特福德节，这让我十分羞愧。事实上，我忝为该活动组织方"吟游诗集会"的一员，这让我更加羞愧了。艾斯特福德节的宗旨在于保存、推广威尔士语，而我近几年来说威尔士语的水平持续下降，这实在是太不像话了啊。我宽厚的儿子提姆说我自从接受脑部手术后，使用威尔士语的熟练程度有所退步，这可能是个准确的判断。脑部手术不足以成为我威尔士语水平下降的理由，因此我必须检讨。

　　哦，对了，我差点忘了，你也许还从未听说过艾斯特福德节吧。这是为期一周的年度音乐、艺术节，专为纪念历史悠久的威尔士文化传统，目前的活动形式可追溯到 1881 年；每年选择威尔士的一个地点举办，北部和南部轮流上阵。据说，艾斯特福德节是欧洲最大的国家级文化节。目前，使用威尔士语的约有 50 万人，艾斯特福德节深受他们的喜爱。我的大部分家人这会儿正在安格尔西岛的一处被雨淋湿的场地参加艾斯特福德节，那里也像以往活动那样，会留下一个神秘巨石阵，从而为人们永远铭记。

威尔士语媒体广泛报道这一活动，所以我看有关电视报道，也算是以某种方式参与了。与以往一样，艾斯特福德节令我感动不已。英国虽然有很多不尽如人意的地方（即使威尔士也不能免俗），但在艾斯特福德节举行的这一星期，一切缺陷暂时烟消云散。电视屏幕上那么多真挚热切的脸，他们全心全意地唱着歌，激情昂扬地念着诗，这就是艾斯特福德节特有的戏剧性氛围：孩子们热诚坚毅、天真无邪的脸，女声合唱团青春不再、热情依旧的脸，齐声叫好的人群中不分老少、坚定果敢的脸，而男声合唱团则是彰显威尔士文化传承的特有标志。

这些人当然也是瑕瑜互见，我对此十分清楚：合唱团里的孩子们有时会调皮捣蛋，女士们有时爱搬弄是非，而男人们未必能够始终如一做绅士。但在我满脸羞愧坐在电视机前的这个星期，我眼中这些人——如同他们所代表的威尔士和古老优美的威尔士语——是我们感到骄傲的对象，值得我们付出热爱，给予感激。

今天是艾斯特福德节的最后一天，苏琪和梅丽尔在返回戈吉南的途中，在特雷凡停下来看望我们，顺便一起喝下午茶。

第 132 天

弗吉尼亚州的夏洛特维尔是美国最讨人喜欢的小城镇之一，而今天——2017 年 8 月的第一个星期一——将永远成为夏洛特维尔历史上"最讨人嫌的一天"。[1]20 世纪 50 年代我第一次来到夏洛特维尔，就爱上了它；那里不但有我的好朋友，而且在我眼中就是正宗美式文化的样板：因此，我的大半生便与夏洛特维尔结下了不解之缘。

彬彬有礼、足智多谋的托马斯·杰斐逊是《独立宣言》主要起草人和美国第 3 任总统，他就出生于夏洛特维尔。杰斐逊在那里创办了弗吉尼亚大学，校园内有我认为是全美国最迷人的学术建筑，就是他设计的；附近的蒙蒂塞洛有他的宅邸，那也是最迷人的建筑杰作之一。

不过，我对夏洛特维尔一见倾心，主要还是因为我觉得它代表了旧时美国南方的风格、气魄和浪漫情调。70 年过去了，现在回过

1　2017 年 8 月，夏洛特维尔发生种族骚乱，持续暴力造成多人伤亡。

头来一想，我马上意识到，那些风格、气魄和浪漫情调实质上属于实行蓄奴制的美国南方邦联。可那又怎样？我努力不去想那些事。有一次我听到一首欢快的歌，歌中提到邦联最后的指挥官、奴隶主的保护者罗伯特·E. 李将军，我还以为说的是密西西比河上的一艘同名蒸汽轮船，那艘船曾于 1870 年获得一次著名赛船比赛的冠军。20 世纪 50 年代美国的种族歧视曾让我寝食难安，不过现在回想起来，种族歧视到处都有，不光在夏洛特维尔呀……

令人遗憾的是，今天的骚乱过后，夏洛特维尔给人们（包括我）的印象将会大不如前，因为这次暴力骚乱源自美国的古老诅咒——种族问题。如果我说今天的灾难实质上发端于 150 年前的美国南北战争，或者更具体一点，发端于罗伯特·E. 李将军（不是那艘蒸汽轮船），你能相信吗？不久之前，夏洛特维尔市政当局决定将李将军的雕像从市中心广场上移走，因为李将军毕竟是当时拥护蓄奴制的南方邦联的英雄；实际上，他自己就是个奴隶主。这一决定激怒了三 K 党、新纳粹等右翼白人至上主义者，他们进行了报复。就这样，随着事态不断激化，年代久远的种族歧视和仇恨在人们的头脑中再次滋生，终于酿成了可怕的暴力事件；讨人喜欢的夏洛特维尔，却只得在它的史册中加进了今天这丑恶的一页。

这一片混乱中，我应当站哪边？我认为，夏洛特维尔市政当局意在维护他们的自由主义原则，这是他们的良心之举，因为我知道在美国南方，很多公共场合的雕像往往有意宣扬白人至上主义的恶劣观念。但是，如果在 19 世纪身为一名奴隶主，就在美国人记忆中被判为罪人，那么在我这样头脑简单的人看来，夏洛特维尔的灵魂人物托马斯·杰斐逊也拥有黑奴，他就不是值得美国人拥戴的国父。谁说历史是没用的空话？

第 133 天

　　纯真的品质这会儿在世界上正越来越少，而今天早晨在我的花园门口有一次纯真的小小展现。

　　我站在花园门口，等着邮递员一天一次来车道尽头的邮筒收走所有外寄的邮件。近来我年老昏聩，常做傻事：昨晚，我往邮筒里投了四封明信片，是寄给四位素不相识的读者，以答慰他们对我作品的评价，可是我糊里糊涂地把他们的地址全搞混了。

　　邮递员开着红色面包车来了，我对他说，"老了不中用啊！"他赶忙来安慰我。他说，他还带着昨晚的外寄邮件，要送去分拣地点。"瞧，"他一边翻检着他的大帆布包一边说，"这是你的明信片。"这些明信片还未打邮戳，可以说是"处女邮件"，他还给了我，让我重新写地址。我们俩一起大笑，他对我揶揄了一番，这事就顺利地解决了。我想，我和朋友们一起生活和工作，真是幸运啊！

　　但是我又隐约觉得，他似乎与他平日和善的态度有点不同。他是不是心里对我的惫懒无能有点不满？我猜想，他把我的邮件还给我是不是违反了邮局规定？都不是。他承认，他心里想的是他的狗。这条心爱的老狗是他多年的朋友，他刚带它去兽医那儿看病，也许是老狗一生中最后一次了。"兽医会给出一个诊断，"邮递员一边说，一边用手抹去一滴快要流下来的眼泪。他婉谢了喝一杯威士忌的提议，然后收拾东西上了车。他的面包车在灰尘弥漫中碾过路面坑洼，他把手伸出车窗，向我奋力挥手道别。

也许这个世界动荡不安，悲伤无处不在，但人们仍挺直腰杆保持尊严——这就是在花园门口的一幕。

第 134 天

那天，我在英国广播公司录了节目，在节目中，我表达了对美国的担忧和惋惜。

所有我认识的人，不管是新老朋友，还是给我来信的素昧平生的读者，他们中的每一个美国人都因美国现状而显得垂头丧气、惶恐不安。

我们都知道，美国从来都不是完美的。实际上，在当今时代，不管是在公共事务还是个人活动上，美国有时极其惹人厌。它给世界带来的影响往往令人性堕落，它甚至将全世界人民引入灾难中。但是，这个古老的共和国仍是我的毕生所爱，它现在表现那么糟糕、不顺，还对此心知肚明，真是令我伤心。从前的美国，潇洒从容、气度不凡，让我十分赞赏，我希望在节目中重现美国的理想，让大家回忆起美国的快活日子——比如说 20 世纪 60 年代，那时它还以"二战"胜利者的姿态出现，兴高采烈、受人爱戴、宽宏大度。

节目的一部分是我略带伤感地回忆 20 世纪 60 年代我与美国

的不解情缘，另一部分则穿插着当时美式音乐的集锦，其中有 7 首曲子是我特意选出来的，如《仙纳度》[1] 《查塔努加火车》[2] 《住在山上的人们》[3] 《纽约，纽约》[4] 《回来吧》[5] 《为我的宝贝唱一曲》[6] 《把你的疲乏贫困交给我》[7]。

这一集锦所呈现的音乐家包括丽莎·明尼里[8]、格伦·米勒[9]、弗兰克·辛纳特拉[10]、罗杰斯和汉默斯坦[11]、杰罗姆·科恩[12]、佩吉·李[13]、欧文·柏林[14]、辛辛那提流行交响乐团、摩门礼拜堂合唱团和费利克斯·门德尔松。

门德尔松？我听见你在嘀咕：德国作曲家门德尔松？请少安毋躁：这难道不是美国这一宽宏大度的古老共和国海纳百川的象征吗？在音乐集锦中包含门德尔松，意义就在于此啊。

1　19 世纪初起源于密西西比河和密苏里河流域之间，讲述一名年轻商人与印第安族长女儿相爱的故事。

2　1941 年格林·米勒创作的美国摇摆乐歌曲。弗吉尼亚州的查塔努加原为美国南方的铁路交通枢纽。

3　著名爵士乐曲。

4　1977 年电影《纽约，纽约》主题曲，因弗兰克·辛纳特拉翻唱而广为人知。

5　美国摇滚组合 OneRepublic 创作的流行歌曲。

6　美国流行歌曲，弗兰克·辛纳特拉、罗比·威廉姆斯都翻唱过。

7　詹姆斯·霍纳创作的流行歌曲，歌名来自艾玛·拉撒路的十四行诗《新巨人》（即自由女神像底座上的铭文）。

8　丽莎·明尼里（1946 年生），美国歌手、演员、主持人，曾出演 1972 年电影《歌厅》（Cabaret）。

9　格伦·米勒（1904—1944），美国爵士乐手。

10　弗兰克·辛纳特拉（1915—1998），美国歌手、演员、主持人。

11　作曲家查德·罗杰斯（1902—1979）和歌词作家奥斯卡·汉默斯坦（1895—1960）合作为《国王与我》《音乐之声》等百老汇音乐剧创作了歌曲。

12　杰罗姆·科恩（1885—1945），美国作曲家，被誉为"现代美国音乐剧之父"。

13　佩吉·李（1902—2002），美国歌手。

14　欧文·柏林（1888—1989），出生于俄罗斯的美国作曲家。

第 135 天

今天早晨，我开车带伊丽莎白去镇上做头发。一路上，她老调重弹，对我开车指手画脚，叫我靠右一点还是靠左一点，我倒是忘了。我正要不耐烦地打断她，说我是多少年的老司机了，这时一段回忆在我脑海中浮现：

好多年前，我在伦敦与一位很有名气的小说家吃完晚餐后，由她开车送我回宾馆。这位女士现在早已仙逝，当时她老态龙钟，开起车来手抖得厉害，当车开到交通极为拥挤的海德公园拐角时，我鼓起勇气问她，还能不能开过去。"我亲爱的简，"她回答时口气可大呢，"我在海德公园拐角附近开了70年的车了，这会儿我应该熟悉道路了吧……"

想到这幕往事，我没有口气很大地反驳伊丽莎白的建议，而是全盘接受，一切遵嘱照办。这也让我想起了约翰·邓恩[1]的教诲："不要问丧钟为谁而鸣；丧钟为你而鸣。"

1　约翰·邓恩（1572—1631），英国诗人、教士。他的这句布道词被美国作家欧内斯特·海明威用于小说的名字《丧钟为谁而鸣》。

第 136 天

　　威尔士有一个奇妙之处，就是人们说两种语言（英语和威尔士语）；这一特点虽然对很多威尔士人来说也不见得喜闻乐见，但在我眼里却是天大的好事啊！昨天，一个朋友来喝下午茶时，带来了她的 5 岁儿子。小男孩会讲英语和威尔士语，他一边大口吃着蛋糕，一边兴致勃勃地聊着他的日常生活和所思所想。

　　这个金发小男孩十分令人开心，而且我觉得他有一种特别的优雅气质。他虽然谈吐十分流利，但他有时选用一个威尔士语单词，有时选用一个英语单词，在斟酌考虑时就会停顿一下。也许他是在两种语言转换时，不太确定那个单词用得对不对，不过我更愿意相信，他的停顿是一种艺术或本能，而且我认为，那无声的片刻踌躇意味着在两种古老语言之间来去自如，其中蕴含着无上的美，就仿佛这孩子在和天使沟通一样。

上面全是胡扯，我现在得这么说。不过呢，我还是想引用格里高利一世[1]的名言：“不是盎格鲁人，而是天使。”[2] 只不过大多数盎格鲁人后裔离天使还是比较远啊……

1　格里高利一世（约540—604），基督教神学家，590—604年间任罗马教皇。

2　传说格里高利一世路过奴隶市场，看见几个金发少年被标价出售，便问他们来自何处，人们回答：“是盎格鲁人。”格里高利一世感叹：“不是盎格鲁人，而是天使。”并萌生了去英国传教的打算。

第 137 天

虽然我还没有完全确定，但是我感觉我必须退出江湖，不问世事了。昨天，一份著名的伦敦出版物请我写一篇文章，我这么回答："承蒙赏识，但在下闲云野鹤，不堪大任。"我以为会得到一个生硬的回复，可是对方马上回了电子邮件："好样的！"

另一方面，今天早晨我照例一边吃玉米片一边看《卫报》（我仍称之为《曼彻斯特卫报》）[1] 的读者来信专栏，发现几十位读者对世界局势发表了看法。有人学识渊博，有人简单直率，有人粗鲁，有人狂热，有人前言不搭后语，还有人显然写得太出格，被编辑删节了。我相信，所有这些读者向《卫报》写信，是因为他们都认为自己的看法能以某种方式影响世界的现状。他们的看法如能通过民主政治的无尽滤网，也许到了必要时刻真能起作用呢。

我与这些读者不同。我以前常写信给《泰晤士报》，但我的

---

1 《卫报》创办于 1821 年，因总部位于曼彻斯特而定名为《曼彻斯特卫报》，于 1959 年改为现名。

来信很少得到发表，现在我想起来，我那时写的信大部分都是抱怨君主制的奢靡浮夸。现在，我不再关心皇室成员在公众面前如何表现，而且喉咙里已没有足够的痰来吐人，所以我的名字再也不会出现在报纸的"读者来信"专栏里了（除非是威尔士的《卡那封报》或《登比先驱报》）。

那些五花八门的争议，虽能引得《卫报》读者争先恐后来信，却早已让我这个老年人难以索解了。我最近才知道，缅甸的正式国名已由 Burma 改为 Myanmar。英国首相特蕾莎·梅能否赢得下一次英国大选，法国总统马克龙是否在化妆上花费过高，美国总统特朗普会不会遭到弹劾，英国国民医疗服务体系会不会因为老年痴呆症患者医疗开支太高而濒临破产，英国皇家海军是否购买了太多的过时军舰，世界知名运动员的腐败丑闻是否属实，中国会不会主导亚洲局势，俄罗斯是否参与了网络间谍行动——所有这些都在传统媒体、推特、脸书以及热情的《卫报》读者中激起了争议，但早已不能引起我的一丝关注了。

不管是在思想上、精神上、艺术上、智力上，还是在可能造成代沟的年龄上，我都已没有资格参与这些辩论游戏了，因此我感觉我是不是应该退出江湖，不问世事了。我这个决定是只关乎我一个人吗？我是不是听到了无声片中的掌声，就像 1920 年动画片中为未来而哭闹的幕后婴儿流下的眼泪？ ²

2　早期动画片多将真人照片转换为连续绘画。"无声片中的掌声""动画片幕后婴儿的眼泪"都只有通过想象才能感受。

第 138 天

作为一个共和主义者，我不无汗颜地承认，英国君主制固然泥古不化、荒诞不经、本质上人畜无害，却似乎是维护世界和平的可能手段之一。联合国看上去已拱手退出斡旋调解的使命，这么一来，每个国家领导人都乐意接受的外交渠道就只剩下来自英国女王的邀请了。

然而困难在于：应由谁在没有政治动机（或看似没有政治动机）的前提下款待各国来宾呢？我建议这样的人选：与权力、政治和经济争端完全无关，拥有纯真的本性，甚至有几分头脑简单，已过了满足个人野心、支持宗教偏见的年纪，只想做个好人——虽然好人已不时兴了，但我还是尊敬这一品格。总之，我建议的人选就是我。如果我成为女王的特使，我就立即动身，第一站去朝鲜民主主义人民共和国，找到金正恩，对他客客气气的，让他开开心心的，用我的甜言蜜语邀请他来巴莫拉尔宫[1]与女王陛下度

---

[1] 英国女王伊丽莎白二世的住所之一，位于苏格兰。

过一个愉快的周末。

毫无疑问，金正恩当然会接受我的邀请，而这将逐渐开启一段全球睦邻友好关系时期，后世充满感激地称其为"简·莫里斯统治下的和平"。

第 139 天

昨天是"第六节"开幕日。"第六节"是一个艺术、音乐等的庆典活动（你知道各种"节"是什么样的呀），每年在波特梅里恩举行，那是个风景如画的村庄，位于威尔士西北海岸，离我们只有几英里。"第六节"之名来自电视节目《囚徒》的一个情景，该节目几年前曾在波特梅里恩取景拍摄——我一直觉得这一命名是愚蠢之举。我从没看过《囚徒》，对各种艺术节也不感冒，但是自"第六节"开始以来，我每年都在活动中演讲，说一说波特梅里恩这个小村。

70 余年来，我多次来过波特梅里恩，这个极富特色的小村让我心旷神怡；独具一格的当地发明家伯特伦·克勒夫·威廉-埃利斯爵士（已于 1978 年去世）给我当了 50 多年的导游，让我兴味盎然。大家都叫这位可敬的爵士"克勒夫"，正是他在斯诺多尼亚山脚下、海岸边的绝佳位置上，从无到有兴建了这个小村，村中各种古老、重建或新建的建筑以轻快的风格汇聚在一起。小村有一个严肃的主题：它旨在证明，在不损害当地神韵的前提下，是完全能够将一个风景怡人的环境打造成一个旅游胜地的。自建成以来，波特梅里恩备受游客欢迎（只要游客尚不至于全无一点幽默感……）。

波特梅里恩特别对我的胃口：我在那里接待朋友、用餐，我喜欢在村里闲逛，欣赏其建筑风格和历史典故的无限微妙之处。所以，几年前我得知"第六节"会在那里举办的时候，我的心一沉。你知道各种"节"是什么样的呀！我想，波特梅里恩这下要毁了，它优雅的主题要让位于商业盈利；它虽然美丽，但仍受到威尔士恶劣天气的摆布，特别是在初秋，因此事实上并不适合举办活动。可怜的克勒夫！可怜的泥泞小村波特梅里恩！我心里想。

你如果昨天来到波特梅里恩，你也许会觉得我正好说中了。就像每年这个时候一样，一阵阵的雨让村里到处是泥泞；一下子涌入大量车辆，碾过路上的无数水坑，停车场频频挂出"已满"告示，工作人员四处奔走，摆渡大巴换挡的声音此起彼伏；整个村子好像进驻了一支非正规军，全是车马和帐篷。我为了在活动上发表演讲，迂回曲折地找路去那个看上去无精打采的主帐篷，这时我感觉我就是深入地狱的但丁[1]。一路上都是不可名状的地狱背包客，他们躺在任何一个有遮蔽的角落，用纸杯喝着什么东西，穿着奇装异服，有时还放着震耳欲聋的音乐。

可是——

可是，所有这些地狱来客，即便在雨水和泥浆中，也无一例外的极为友好、乐于助人：一骨碌从地上跳起来，一只手拿着廉

1　意大利诗人但丁在其长诗《神曲》中描写了他游历地狱、炼狱和天堂的经过。

价咖啡，另一只手扶着我穿过特别泥泞难行之处，同时满脸笑容，真是好心人啊。当我终于浑身滴着水，一脸懵懂、气喘吁吁地赶到我的临时演讲台时，下面的观众同样友好、宽厚，满脸笑容迎接我的到来。

在那个但丁游历过的帐篷中，我颠三倒四乱七八糟地发表了我的演讲；下面的观众极为体谅和宽容，令我十分感动。傍晚，我向波特梅里恩道了别，这个小村子还在继续各种五花八门的表演。我敢肯定，到了深夜，亲爱的克勒夫也会兴致勃勃地加入这场地狱狂欢——因为我自己到了最后就会这样的呀。

第 140 天

在我的一生中，我从大英帝国的老派爱国者转变成探索前路的自由派国际主义者，最后成为彻头彻尾的威尔士民族主义者，不过我感觉，这三者的特点我至今都有一点。"二战"结束时，我初成年，当时丘吉尔已属"明日黄花"，所以并没有政治家来对我灌输："对，就是这一道路，沿着它一直走下去就能顺利穿过我们时代的荒野。"

可是今天早上我读到的新闻让我改变了心意：欧盟委员会主席、前卢森堡首相让-克洛德·容克赞成"欧洲联邦"，这一组织比目前不受待见的欧洲联盟更加虚无缥缈。当有人问起我的模糊意识形态到底如何表现时，我曾表达了类似的想法：我一直说，我赞成一个"英国联邦"中的独立威尔士，为了说明我只是在做梦，我还特地加了我希望这是一个"世界联邦"。不过，确实，"欧洲联邦"当然是完全可能的，也许还是我们所能实现的最高目标。

我想，每个人都看得出来，世界局势正在发生变化，传统的民主制度正在衰亡，而英国也许是全世界最深切感受到这一点的。在经济上、智力上、感情上与其帝国梦想息息相关，英国在这方面远甚于其他国家，因而英国人（至少我所接触到的英国人）也比其他国家的人民更受国家衰落的打击。

那么，作为彼此平等的朋友和同事加入联邦，成为一个超国家共同体的一员，每个成员保留各自的国家特性、行事方式和独有文化，但都拥护一种共同的意识形态，具有相似的历史发展道路，同时成员之间前所未有地熟悉彼此的风格和习俗——这无疑是一种崇高的理想。所以，容克先生，请引领前行吧！如果没有人跟从你，那至少还有我这个头脑简单的浪漫主义者；我就在世界欧洲的英国联邦的威尔士拉纳斯蒂姆杜伊。

第 141 天

　　家里的鼠患终于得到平息，这让我有喜有悲。鼠患集中在厨房储藏面包和谷物的一角，后来愈演愈烈，几乎对我们的生存构成了威胁，此外还以其细小屎粒对我们的健康进行化学攻击。万幸，所有进攻都已被击退。先是伊丽莎白用捕鼠夹抓住了一只老鼠，并把它扔进垃圾场里杀死；接着，我逮住一只活的，它正头朝下扎在一盒玉米片里，我把它丢进了花园最深处的角落。

　　我自然对此洋洋得意，不过后来发现这两只小东西就是全部老鼠大军，又不由得有些惆怅。自从我们将它们消灭后，一个月来什锦粥和面包完好无缺，不但没有啮痕，而且不见屎粒了。这么说来，困扰我们的只不过是两只可怜的小动物——它们也像我们一样，拥有在这个世界上自食其力生存下去的权利呀。

　　谢天谢地，我们终于结果了它们。要是我逮的那只活的再被我看见，我就亲手宰了它。

266

第 142 天

秋天的一个绝佳傍晚,我走在回家的路上听见一阵低沉的轰鸣声,抬眼一瞥,便看见空旷无垠的天空中横过一个庞然大物:那是一架老式直升机,不是载着有钱人去满世界寻欢作乐、收取利润的华丽轻巧的款式,而是笨重嘈杂的最老型号;在我看来,这才是真正的直升机,而且是当今时代最伟大的机械之一。

天空中的那架老机器(我一直认为那是和我一样的老物)已经成了一种人类无法忽视的当代象征。它具有比协和式客机和气垫船更长的寿命,它参加过无数战争,完成了数不清的救援任务,它为王子们带来了工作机会,为独裁者们提供了逃跑工具;虽然它的机械装置是那样笨拙难看,但它代表着人类的希冀、绝望、快乐,甚至幽默。

虽然外观笨拙难看,但在我眼里却是一种质朴的英雄。我其实不懂直升机如何运作,它在我看来就像一只蜜蜂或大黄蜂。昨天那个机械装置从我头顶轰鸣着飞过去,不知道去哪里,完成什么任务;我当时要是能确定它不会用机枪朝我扫射,那本该像个友好的邻居一样,远远向它抬一下帽子以示敬意啊。

第 143 天

　　牛津自古以来就是美国的。[1]在这儿，每逢下雨，便有许多钟声响起；在这儿，众多的学院礼拜堂、教堂和音乐厅中，总有某处在弹着管风琴，悠扬的音乐传遍整个牛津古城。牛津是管风琴之城，而说到管风琴，我要做个忏悔。

　　亲爱的读者，如果在 1937 年的一天，年轻时的你徜徉在牛津古城，你也许会很惊奇地听到基督教堂对面的圣阿尔达特教堂里传出《马赛曲》的强劲曲调。这首古老、激昂的法国国歌被人用管风琴一遍遍弹奏，虽然有时不在调上，但绝对是生气勃勃、全力以赴。怎么回事？你也许会纳闷（也许现在还纳闷呢）：今天是法国国庆日，还是英法联盟周年纪念？还是某一位法国人在音乐中发泄思乡情绪，给自己某种慰藉？

　　其实，那是我。我那时 11 岁，在对面的基督教堂的学院合唱团上课学习。不知怎么的，我可以任意使用那儿的管风琴；由于

1　美国有很多以"牛津"命名的地方，《牛津美国》为美国一份文学杂志，作者故有此调侃。

我当时只会弹《马赛曲》，而且我在大家眼里是个爱国者（现在仍是这样），所以我自然利用这一机会大弹特弹了。这绝妙的国歌被我弹得七零八落、含混不清，一次次回响在古城上空。

1937年的那一天，你在牛津古城的街上徜徉吗？如果你那时真的在那里，"奋进，奋进！"现在请原谅我吧。

第 144 天

这是一首关于吃荤的小诗，我为自己生日写的。顺便说一句，大部分是虚构，当然也不全是……

"来吃沙拉，吃个底朝天，"
小时候，我妈对我说。
从这里到曼德勒[1]，
从创世之初到今天，
毫无例外，都有
像我妈这样的妈妈。
然而我已成年，不必再听大人的，
我自己决定吃什么，盘子里盛什么！
我家没有沙拉，因为我全扔掉了，
不要寡味的莴苣，更不要黄瓜，

1　缅甸第二大城市。

270

吃素的人望风而逃。

要是有做妈妈的不甘心，对我唠叨

"这么吃荤对身体不好"也是徒劳。

我回答，"亲爱的女士，别抱成见，

您试试便知道！"

第 145 天

今天，我碰到了两件高兴事。首先，我的大儿子马克，远在加拿大的亚伯达，说他为我即将到来的生日准备了 E. W. 佩恩的《格拉斯顿伯里：早期英国基督徒》第一版（1871 年）。我从未听说过这部著作。佩恩女士是我的曾曾曾姨婆（或其他诸如此类的亲属），我得承认，我母亲一方的文学前辈并不是特别出众的作者，他们主要为儿童读者写宗教读物。当然了，我很乐意在我的书架上加一本她的著作，要知道，我的图书馆里还有一两本马克写的书呢。

（顺便说一句，在家谱研究上，马克比我认真得多；我虽不关心祖辈的事，但当马克发现我母亲这一支是威尔士著名立法者海威尔·达［约 920—950 年］的后代时，我承认我确实喜不自胜。如此说来，这位历史名人是我的第 32 代祖先！不过，现在起码有几百万威尔士人声称是他的后代……）

不管怎样，今天第二件高兴事是我收到了美国弗吉尼亚州夏洛特维尔的朋友发来的一张照片。他们告诉我，一天下午走回家的路上，拍到了人行道上的一处粉笔涂鸦，内容很简单，就是一个笑脸、一颗心和一些幼稚的笔画，但是在靠近人行道边缘的地方，写着醒目的粗体字，那是具有魔力的话语：

做个好人。

看来，这个世界还是有希望的啊！

第 146 天

　　3 560 英尺高的斯诺多山是威尔士最高峰，从我家就能望见它；和它做伴了几十年，我几乎已把它看作一位老朋友了。但是，斯诺多山从未给我带来心灵的悸动。我知道，这么说一位老朋友，确实不太厚道：斯诺多山虽然高大雄伟，但它在我眼里缺少魅力。

　　几十年来，许多具有非凡技艺和不朽名望的艺术家以其作品展现了斯诺多山的雄姿，但他们似乎并不见得为之倾倒。当然，在登山运动刚兴起时，艺术家们津津乐道于表现斯诺多山令人胆寒的险峻，那些传说中的巨大沟壑，那些可怕的裂缝和难以攀爬的山峰，但我不禁想，他们那时也许夸大了他们的反应呢。后来，人们逐渐认识了斯诺多山，更了解情况的画家觉得这座山值得纪念，可在我看来，他们画得再多，其作品也缺乏艺术的魔力。

　　往南 30 英里的大阿雷尼格山只有 2 800 英尺高，体量小得多，但它在我眼里却是完全不同的存在。大阿雷尼格山在艺术家和我的心中激起神秘的情愫——我发现这山总是令人魂牵梦绕。20 世纪 30 年代，一批极有才华的后印象主义画家受到了大阿雷尼格山的强烈吸引，不但在山脚下居住、作画，他们创作的生动油画还短暂地形成了一个真正的艺术流派。

从那以后，大阿雷尼格山吸引了更多的艺术家。最后，这座山的名气终结于一场悲剧：1943 年，一架美国 B‑17"空中堡垒"轰炸机在山上坠毁，机上人员全部阵亡。如今，天空晴朗的时候，我能在南方地平线的极远处隐约看见大阿雷尼格山；看见那无言的山峰，我心中激动万分，这似乎有移情别恋之嫌。斯诺多山，我忠厚的老朋友，它耸立在一旁，表示理解。

第 147 天

　　"野化"这一概念一直让我感到困惑。"野化"是指在某一地区引入先前绝种或从未出现过的物种，从而有意提高该地区的野外特征。这是一种人类操控自然的实践，广受宣传的一个例子就是美国黄石国家公园重新引入野狼。早在 20 世纪 20 年代，野狼就因人类干预而在该地区消失；1995 年，为了控制北美大角鹿数量，人们重新引入了其天敌野狼。人们没有料到的一个副作用是，河狸大量增加（原因我忘了），它们造了大量简易水坝，有可能影响到了整个食物链，而北美大角鹿却灵巧地躲开了野狼的捕猎。

　　那么，对于黄石国家公园的现状，人或者动物感到满意吗？我不知道，但黄石国家公园的案例以及整个"野化"概念，让我怀疑人类是否有权利操控自然。我们是宇宙的主人吗？谁规定的？我们确实比其他生物更聪明，但我们因此有权利干涉其他生物的生存状态吗？

　　不同宗教对此作出了不同的回答。我虽然是个不可知论者，但我从犹太教-基督教的道德指南《圣经》中寻求启示。正如黄石国家公园的案例所揭示的，这一问题的关键在于食物。《创世记》中说，上帝指示人类管理海里的鱼、空中的鸟、地上的牲畜，以及地上所爬的一切昆虫；可是我细看后，发现人类并没有得到上帝允许吃任何一种活物，上帝倒是希望人类成为素食主义者。[1]

不过，不可知论的一大好处就是，我可以不受宗教制约，自由选择我的原则。因此，我的结论就是：平等相待，推己及人；己所不欲，勿施于人。有些生物希望以我们有些人为食，我们有些人希望以有些生物为食；在其中尽我们所能，加入我们的善良人性来调和、升华，这才是至高无上的人类智慧——窃以为，伟大如自然者也不明了超越本能的人性呢。

1　《旧约·创世记》："上帝说，我将地上一切结种子的菜蔬和一切树上结有核的果子，全赐给你们作食物。"

第 148 天

　　大英帝国一直代表着"政治不正确",而我有一种感觉:英国人在丧失了其以往的自信心和自我满足感后,可能很快就会怀念他们失落的帝国。怀念去吧!我希望如此。我曾花了很多时间对大英帝国统治印度的历史进行调查和纪念,这使我很久以前就相信,虽然人人都已认识到帝国主义本身确有受人诟病之处,但大英帝国有些方面颇值得骄傲,甚至很多方面令人愉快而又完全无害。

　　大英帝国让许多正派的英国人过上了快乐充实的生活。那些通过自己的事业使他人获益的人,比如医生和护士、工程师、各学科的科学家、开明公务员、教师和地理学家以及忠心耿耿的士兵(不管是乔德人、锡克人、非洲人还是毛利人),是当时最快乐充实的人。当时有数十万这样为社会做出贡献的英国帝国主义者,他们分布在世界四分之一的地区。他们中的很大一部分,就像今天的我们,肯定会产生怀疑:这样驻扎在帝国各处,即便给当地带来再多裨益,但归根到底有没有正义性呢?

那么，不管帝国主义有多么不堪，对于或多或少受到误导以至于认为大英帝国的扩张在道德上无懈可击的一代英国人，他们又能得到什么"无害的愉快"？就拿我来说，我觉得在大英帝国一个山顶兵站的生活蕴含着一种遁世的乐趣：美妙的风景、舒适的气候、意气相投的朋友们、适时运动、"吉尔伯特与沙利文"[1]、一所哥特式小教堂里的星期日弥撒，而且周围的几百万当地人极为友好，我想他们多年来从没有对我们驻扎在他们土地上表示过一丝不满（因为那时和现在一样，政治立场并不影响个人关系）。

一点想法：如果英国人（尤其是其中的英格兰人）终有一天克服他们目前的自我贬抑，也许他们回顾帝国历史的时候会少一点抱歉，多一点自豪，甚至带着几分怀念。

1　19世纪下半叶英国剧作家威廉·S. 吉尔伯特与英国作曲家阿瑟·沙利文创作的一系列幽默剧，在英语国家影响很大，至今仍有演出。

第 149 天

我的大哥盖雷斯（1920—2007）是一位著名的学者型专业长笛手，他在台下还是个吹口哨大师。他生前常说，他能用口哨演奏帕格尼尼的《无穷动》，他对此极为自豪。他吹了一生的口哨，直到他在纽约被一个抢劫犯伤了口唇，从此只能和口哨说拜拜了。

我也吹口哨，不过不是古典式吹法，我主要是在我的每天 1 000 步锻炼中以口哨带节奏；我属于那些名声不佳的少数人，他们就像旧时的小听差一样，哼着不成曲调的口哨四处飞奔。我和他们心有戚戚啊！很久以前的迪士尼动画片《白雪公主》中，七个小矮人告诉我们："只要心情好，时间过得快！每当工作时，口哨吹起来！"

那天，我了解到我有个可能的亲戚也是一位吹口哨高手，这让我十分高兴。当我的母亲伊妮德·佩恩在德国莱比锡读音乐学院时，英裔德国人阿尔伯特·佩恩（德语名 A. 厄利希）在那里当音乐出版商。我在一本当代回忆录中读到："他拉小提琴很出色，但他真正的天分在于吹口哨。"厄利希先生看来能用口哨演奏极难的音乐作品，据报道，他能用口哨演奏路易斯·施波尔[1]的小提琴协奏曲，配以钢琴伴奏，听来令人心旷神怡。

我了解到，A. 厄利希的经典著作《古今著名小提琴家》（1897）至今仍在发行，不过我想读的是《世纪著名口哨大师》，也许我可以自己写一本。

1　路易斯·施波尔（1784—1859），德国小提琴家、作曲家、指挥家。

第 150 天

我的挪威森林猫"易卜生",我一生的挚友,今年早些时候离开了我;先后陪伴我们的众猫里,它应该是最后一只了吧。所以,关于猫的思绪占满了我的头脑。

猫有很多种类和血统。那天,我听说佛罗里达南端的基韦斯特遭受飓风袭击,我不禁想起了海明威曾在那儿住过的房子;该故居已被辟为博物馆,里面还有海明威当时养的一大家子猫的后代。很久以前,我出于对这位文学巨匠的崇拜,曾拜访过海明威故居。那儿所有的海明威宠猫后代都是多趾猫,而我那时候也养着一只多趾猫,对此我十分自豪。我们多年来养过的猫里面,从暹罗猫、阿比西尼亚猫到普通家猫,高大的多趾猫"恶棍"是我心目中最接近"易卜生"的,因此我来到海明威故居,也有感情的因素,为了看那一大家子多趾猫。

上星期我看到新闻,说基韦斯特幸免于难,海明威宠猫的后代安然无恙,我总算松了一口气。昨天我看电视新闻,一位专家在探讨海明威当时养的多趾猫是什么来历。你知道吗?这位专家提出，在血统上离多趾猫最近的就是挪威森林猫，后者为适应北方冰雪天气而长出了大脚掌。

真了不起！这么说来，"易卜生"和"恶棍"还是表亲啦！

第 151 天

一天又一天，虽然整个世界陷入了不祥的巨大混乱（在某种恐怖的意义上倒令人着迷），但来自伦敦的早间新闻还是因其单调乏味而令我心情低落。一两年前，英国全体选民在懵懂无知的状态下公投决定脱离欧洲，而后英国看似对此犹豫不定，已到了徘徊在灾难边缘的地步。[1] 在悠久而灿烂的英国历史中，这是英国经受的最重大挑战之一，可能影响到国家存亡，理应在公共演讲和辩论中引起慷慨激昂的反应。

可是谁能想得到呢，几个星期以来，我在吃早餐时从没有听到英国广播公司播报过一句令我心动的话。新闻里只有政客们为了芝麻大的事争吵不休，偶尔有小孩子把戏一样的蹩脚幽默，再加上个人和党派野心所形成的本能。那些政客几乎全都是既小心眼又膈应人的家伙，只有几个坐冷板凳的老年议员试图维护议会的伟大传统！这帮人不管是来自上层社会还是平民阶层，全是榆

1　2016 年 6 月，英国公投决定脱欧。经过多轮投票、审议等程序后，2020 年 1 月，英国正式脱欧。

木脑袋。从特朗普统领下的美国传来的消息不见得更振奋人心，只有更叫人失望，各种粗俗放肆之举常让我大跌眼镜。还有来自威斯敏斯特（英国议会）的新闻，连篇累牍报道有史以来最具魅力的建筑工程之一，但我看了直打哈欠。

第 152 天

今早新闻说，由于人类大肆使用杀虫剂等化学品来改善生活条件，世界各地的昆虫群落正在走向灭绝。该报道称，这也许是通往人类灭亡的最后一步了。我对此并不感到惊奇，因为我的花园就是地球的一个小小角落，在这里我见证了身边的物种在慢慢消失。萤火虫不见了，大部分蜻蜓不见了，此外，在花园里消失的还有蜥蜴、盲蛇蜥、青草蛇、青蛙、蟾蜍、刺猬、大部分毛虫和河里的很多鱼类。它们就像蒸汽机车一样，在人类前进的道路上被抛弃了。如果我是上帝，我想我会有点失望吧，毕竟事态发展不尽如人意；但是我可能也会想，这就是进步呀，人类已经这么聪明，自然是赢家通吃！

人类作为万物之灵，却毫不在乎其他物种的死活，从而造成地球上的所有生命一起灭绝——我是绝对不赞同这种做法的。比如说，如果我要干预的话，我就会下令禁止一切为了取乐而杀害或追赶动物的行为。我会叫地方行政当局不要为了整洁美观而刈除路边杂草，因为那是昆虫的栖息地。很多人把他们的花园打理得干干净净，然而太过刻意，全无野趣，就连常见的蛞蝓都没有，我对此嗤之以鼻。我要出力制止对宠物猫狗的过度繁殖，因为这不但给猫狗带来了悲惨的命运，而且培养了一批靠宠物大赛赚取奖金或靠宠物买卖获利的卑鄙之徒。最重要的是，人类在动物园等机构中将比他们低等的地球伙伴们永远监禁起来，用于研究、展览和娱乐目的，这样的机构不管在世界什么地方，我都要下令关闭。

　　不过，如果我真是上帝，我要自问，我有没有开天辟地，创造万物，来谋划这等大事？对这个世界，我要不要重新来过？

第 153 天

朋友们，今天我一醒来便没精打采的，不仅是昨晚没睡好，还因为我想到了年过九旬所遭受的种种磨难。昨天我在街上碰到我的一位读者，他对我说，我作品中的一些日期弄错了，这触到了我的痛处。我问自己，年纪这么大了，何必还要苦苦尝试？《圣经》中不是说的人生七十岁吗？[1] 也许那些支持安乐死的人是对的呢。在那个下着毛毛雨的灰蒙蒙早晨，那位读者的话让我心情低落，我感到我的人生已失去了意义。

可是等一下——看！太阳升起来了，我快速解决了早餐，在书桌边坐下，打开电脑，像往常一样十指翻飞，那腔调俨然一位钢琴师在众目睽睽下表演；这下，每天写作中的所有旧日乐趣便都找回来了。我今天该写点什么呢，亲爱的朋友们？不管得意还

1　《旧约·诗篇》："我们一生的年日是七十岁，若是强壮可到八十岁；但其中所矜夸的不过是劳苦愁烦，转眼成空，我们便如飞而去。"

是失意，年富力强还是年老体衰，作家的人生都是最好的人生呀。别睬那个对日期吹毛求疵的书呆子！

祝每个人拥有爱和笑容。——简

第 154 天

平生第一次，我搭乘高山铁路列车登上了附近的斯诺多山的顶峰。它被称为"伊尔怀德法"，不管在威尔士还是英格兰都是第一高峰。这次旅程让我十分开心，不过这开心与我预期的不太一样。这条铁路因冬季来临而即将关闭，我们这一趟车是时刻表上的最后一班；饱经沧桑的铁路设施是瑞士工程师于 1864 年修建的，列车上挤满了不同年龄、不同种族的旅客，他们摩肩接踵、兴致勃勃，专程从世界各地赶来这里观光。这让我不禁想起了拉迪亚德·吉卜林小说《基姆》中对印度大干路的不朽描写：一条生命之河，"世界在这里来来往往"……

对于上山的路程，我其实已很熟了，但风景之雄伟壮观，仍令我赞叹不已；而且在我看来，这一路上绿草如茵，比阿尔卑斯缆索铁路上所见的白雪皑皑更叫人倾心呢。我在"伊尔怀德法"峰顶独自闲逛，感觉天地间空空荡荡，只有我一人存在；但是我在列车上时，往窗外一望便看见那天上午和我一起来斯诺多山的成千游客，他们分散在山腰各处，有的沿着山道往上慢慢走，有的骑着自行车飞快滑下来，一片忙碌景象。

列车抵达终点站，乘客们一涌而出，雾色茫茫中，我们来到一个奇怪的大厅。那其实是个咖啡馆，但彼时彼刻我觉得它仿佛是一个热气腾腾的大锅：真正的生命之河，不过并没有流动，而是在每一寸空间都乱七八糟地堆满了人和东西；游客们吃着三明治和香肠卷，用塑料杯子喝着咖啡，人声鼎沸中不时传出开怀大笑，大家互相鼓励或表示同情——这种表露人性的方式真是让人既感快活又摸不着头脑。我好不容易找了个空位坐了下来，手里拿着我的香肠卷，有个朋友从我旁边游客的头顶上给我传了一杯咖啡，这时我仿佛在吉卜林笔下的基姆眼中看见了印度大干路那宽阔的生命之河，那里面的宽厚微笑……

这梦幻般的大厅，屋顶处有一个长窗，从中隐约可以看见粗壮的人影在雾中四处攀登。实际上，他们是在攀登斯诺多山的最后几英尺，以到达顶峰的标记石堆。不过，在我眼里，他们就像从事某种神秘任务的勇士，为实现某个终极目标，最后隐没在浓雾中。

我一边想，一边解决剩余的香肠卷，不由感到几分神秘感在心中升起。这时，高音喇叭通知说，返回现实世界的最后一班列车马上发车了，我赶紧把香肠卷一口吞下了肚。

第 155 天

爱国主义是个棘手问题啊，不是吗？它会惹人厌，也会受人崇敬。我在做一个广播节目，想找一些爱国歌曲来作为背景音乐，结果找到的从自夸"我们有船，我们有人，我们还有钱"[1] 到鼓吹把耶路撒冷建在英国的青青乐土上[2]，数量多得惊人。有一天，我搜索美国的爱国歌曲，找到了由一位上了年纪的前海军陆战队员演奏的美国国歌《星条旗》第四节。他认为第四节比大家熟知的第一节更具基督教意义，原因据我揣度似乎是这样的：第一节暗示美国的胜利纯属世俗事务，而第四节则暗示星条旗高高飘扬是上帝的功劳。

作为一个威尔士的不可知论者，我当然觉得上帝什么的不关我事。不过，我倒是很赞同这位前海军陆战队员的看法，并有几

---

1 来自 19 世纪克里米亚战争后英国与俄国关系紧张时期的一首流行歌曲，上一句为"我们不想打仗，但是上帝啊，如果你想打，我们奉陪到底"，由此产生了英语单词 jingoism（极端爱国主义）。

2 出自英国诗人威廉·布莱克（1757—1827）为弥尔顿《失乐园》写的小诗《耶路撒冷》。

分喜欢这老先生，所以我把他的演奏录音后放到网上，并发给了美国的好朋友，他们是自由主义者，我希望在他们全国情绪低落的时候给他们带去慰藉。他们表示了赞赏，但显然兴趣寥寥，那位前海军陆战队员是在一次极端右翼集会上演奏的，而他们当然是不认同右翼政治立场的。

哎呀！我们这些独立思考者碰到了宗教就一筹莫展了。

第 156 天

今天是星期天，在附近一个村庄，有一座小教堂在庆祝其落成 150 周年。对于威尔士非国教派来说，150 年已是很长时间啦。教众今天上午集会举行庆祝，到了午饭时间，我碰见一位老熟人，她刚从庆祝集会回来。"嘿，那边怎么样？"我问，"来了多少人？"她回答，"六个"。

我不是任何教派的信徒，而且威尔士教堂的建筑风格总体而言不对我的胃口，但是看到威尔士各地大大小小的教堂门可罗雀，我还是深感痛心。这些教堂属于加尔文派卫理会、卫理会加尔文派、独立威尔士加尔文派卫理会以及其他连我都不知道名字的教派。教众来了六人，那绝对是一次庆祝集会了，平常日子里应该是零。

那位爆料者继续唠叨，"告诉你，我其实不太去教堂做礼拜，我可是无神论者。"她有一把年纪了，而且威尔士性格十分鲜明，所以我不相信她。"我不相信你，"我对她说。她接着告诉我，这几年来，今天是她第一次去教堂。"有没有上帝？我可说不准。"她这样说。我宽慰她说，这种想法说明她不是无神论者，而是像我一样的不可知论者。她看上去松了一口气。她倒是承认，她喜欢圣公会教堂的音乐；而且她也不得不同意，既然今天上午来那座小教堂参加庆祝的就有六个人之多，那么我们大部分的邻居，不管他们属于卫理会、圣公会、罗马天主教，还是根本不信奉基督教，平素大体上都是好人呀。

所以，她同样也是个好人。她今天上午去那座小教堂参加庆祝，心里肯定想着自己是有多虚伪啊；宽恕在我看来是神性的一种重要表现，但是在今天的礼拜中并不需要，因为并没有罪孽可供宽恕呀。

第 157 天

情况就是这样：一年中最冷的一天，零下 45 摄氏度，风寒指数 830。锅炉罢工了，这意味着我们没有灶具和中央空调可用，而我打电话找的管道工一个都没法上门。我们已没有木柴来烧炉子取暖，不过我也找不到火柴。我的收音机电池似乎已耗尽，电视机也开不亮。马上就要下雨，而一只野猫正在什么地方喵喵叫。

所有这一切我保证都是真的，至少听上去是真的。不过，当我终于设法打开收音机放新闻节目，并得知世界各地传来的悲惨消息，我不禁想：真是的，我还抱怨什么呀？

第158天

下面是一则个人寓言，文本来自《纽约客》的一个幽默卡通，作者是已故的詹姆斯·瑟伯，他把一种劣酒称为"没有教养的酒"，"但是我想，它妄自尊大的样子会让你哑然失笑。"

几十年前我年轻时，曾作为一名记者，全程随同人类首个珠峰探险队，据此写出了报道，有了一点小名气。过了几年，人类首次登月计划公布时，我觉得很明显我就是应该跟着宇航员去太空作报道的记者——登月计划会需要一名随同记者，这不是理所当然的嘛！由于我的珠峰登顶报道，我成为对这类探险任务深有经验的知名记者，而且我对自己的写作能力高度评价，因此我信心满满地等待相关人士给我通知。

想想看，我那时是多么厚颜无耻、目中无人！想想看，宇航员的招募是多么严格的过程，因为现在太空旅行已是常事——先是从候选人中千挑万选，得到几个，然后经过几个月的训练和教育，让他们获得必要的科学资质，达到必要的心理条件，此外还需要勇气、奉献精神、技术能力和无比强大的自制力！

从来没有什么相关人士给我什么通知，这倒是好事。我那时就像瑟伯笔下的"没有教养的酒"，全无谦虚克制；那些乘坐火箭、飞船探索太空的男女宇航员们实在是不可多得的杰出人才，令我万分敬仰，再看看我自己，我简直无法原谅我的妄自尊大。

　　这则寓言的教益就是：有自知之明，别丢人现眼。

第 159 天

前面可能已写过，这几年来我每天走 1 000 步作为锻炼，同时在脑子里想着某种军乐来打拍子：可以是动人的国歌，如《德意志高于一切》或《马赛曲》，也可以是轻快的爱国歌曲，如《跳华尔兹的玛蒂尔达》或《扬基歌》，更可以是我年轻时唱过的一首嘹亮的战时小曲《永远的英格兰》。

不过，最近我有了一个重大发现：任何种类的音乐都可用于走路打拍子；再柔和、忧郁的曲调，也可以进行调整，跟上有节奏的行进步伐。试试看吧！《你那冰凉的小手》[1]《与主同行》[2]《晚间颂声》[3] 或《勃兰登堡协奏曲》[4]，只要试试调整一下这些乐曲的节奏，你就会明白，无论什么音乐都能跟得上军士长的号令！

1　贾科莫·普契尼歌剧《波希米亚人》中的一首咏叹调。

2　19 世纪英国赞美诗，是 2012 年伦敦奥运会开幕式的演唱曲目之一。

3　19 世纪英国赞美诗，歌名直译为"主啊，你所赐的这一天结束了"。

4　德国作曲家巴赫（1685—1750）的一组管弦乐作品。

这个发现让我十分兴奋，因为说实话，我老是用激昂进行曲来打拍子，这已开始让我厌腻了。现在，我的晨间锻炼得到了新的活力。就拿今天来说，我走路锻炼时用的是英王爱德华七世时代的一支柔情而流畅的小曲《我经过你的窗口》，果然让我精神一振。

　　　　迎着红色朝霞，
　　　　我经过你的窗口，
　　　　玫瑰花蕊结着露，
　　　　云雀飞过天空。
　　　　我轻轻唱着歌，
　　　　却没有人听见。
　　　　我祝你早安，
　　　　我亲爱的姑娘！

　　这曲调在我脑中挥之不去，成为我操练的号令：

　　　　保持姿势！
　　　　左、右、左、右！
　　　　头抬高！
　　　　双眼平视前方！
　　　　早安，亲爱的士兵！

第 160 天

    联合王国正在向着耻辱的方向愈行愈远，已成往事的大英帝国带给人们的回忆也是以羞愧为主；在我看来，只有英格兰的抽象概念才保留了这一古老国家的优雅传统、历史文化等迷人之处。威尔士和苏格兰固然有其历久不衰的吸引力，但我并没有算进去；英国王室有一种令人难解的神秘魅力，我对此表示认同；作为一个无可救药的浪漫主义者，我仍沉湎于大英帝国的旧日荣光。可是我要问你，还有比"联合王国"更叫人提不起兴致来的名字吗？

    "英格兰"就不同了！就算目前处于衰落，现状令人痛心，但英格兰的抽象概念无形中蕴含着神奇、优雅、大度、绿色的种种事物，这一点极好地体现在《波希米亚人》女主角咪咪的咏叹调中，她描述那些对她诉说爱和春天、梦想和愿景的寻常事物——"那些被叫作诗歌的事物"；也许那正是英格兰在莎士比亚时代的诗歌，带着人们所赋予的全部荣誉，几个世纪以来的影响成为英格兰这一抽象概念的中心，让善感的心一次又一次悸动。

　　据我估计，英格兰诗歌在第一次世界大战时期达到了高潮，当时一代英格兰诗人为处于悲伤和自责中的英国辩护。出生于威尔士的艾弗·诺韦洛[1]创作了当时广受欢迎的歌曲[2]，他在歌中描写士兵日夜思念家乡，盼望战争结束后"和爱人一起徜徉在英格兰的小巷"。这一目标看似单纯，却颇具深意。

　　请注意，是"英格兰小巷"而不是"英国小巷"，正是这一简单措辞让这首歌在一百年后仍给我带来感动的战栗。1958年，朱莉·安德鲁斯[3]演出的版本中，"英格兰小巷"被改为"阴暗的小巷"，这样一来，咪咪在咏叹调中曼声吟唱的标志性魔力便消失无踪啦……

1　艾弗·诺韦洛（1893—1951），英国作家、作曲家、演员。

2　指爱国歌曲《让家中炉火继续燃烧》。

3　朱莉·安德鲁斯（生于1935年），英国演员、歌手、戏剧导演，曾主演《欢乐满人间》《音乐之声》等电影。

第 161 天

　　"特殊关系"这一政治术语以前为人们熟悉，现在几乎已淡出人们视线了，但我还是对它抱有信心。据我所知，丘吉尔在"二战"后庆祝胜利的喜悦中首先提出了这一术语，他也做出了很好的表率：他的母亲是美国人，他最深邃广博的学术著作是《英语民族史》。我的看法是，不管人们喜欢还是不喜欢，"特殊关系"仍然存在，并且界定了英国和其前殖民地美国之间持续至今的本能的、思想上的特定联系。

　　年轻人（不管是美国人还是英国人）也许会对此不以为然。他们会反驳说，和美国同等级别的是俄罗斯、中国、印度等当代大国，英国早已落后于这一级别了；对于世界上一些迅猛发展的新兴国家来说，英国已属于过去式了。

　　但是，至少在目前，英美之间的特殊关系仍然存在。所以，像成千上万的英国人、美国人一样，我的人生经历就体现了英美特殊关系。我在多个国家生活、工作过，但是在美国，我收获了最长久的友谊，与身边的人一同经历了快乐、骄傲和失意的时刻。我的第一本书写于60多年前，主题就是"美国人是我的兄弟姐妹"，我从那时起就一直这么认为的。罗斯福也好，特朗普也好，世界新秩序也好，全球声讨也好，不管怎么样，我至少总能知道，有几百万美国人和我想得一样，"特殊关系"嘛……

第 162 天

弥尔顿告诉我们，追逐名声是升华精神的动力，但在我看来，羞耻感是更强大的动力。我这么说是有切身体会的，因为我刚干了一件让我深感羞耻的事。多年来，我心爱的 2006 年本田思域 R 型一直由一位苏格兰人殷勤维护，他曾是著名的汽车拉力赛领航员，如今在路边开了一家修车铺。他为我一一修复了车上的刮痕、凹印，更换了翼板，调试了发动机，现在我的本田车从里到外焕然一新，不但动力十足，开起来更是爽快之至！

上星期，我把本田车开进罗博的修车铺做一下内部检修（具体哪儿我忘了），他让我在检修期间借用另一辆车。虽然这辆借用的车从感情方面来讲远不及我的本田车，但它确实是一辆好车：马力更强劲，型号更新，而且毫无疑问比我的本田车贵得多。可是，这辆车我还没开多久，就缠在我家大门旁的灌木丛里；我一踩油门，就把保险杠扯了下来。

好心的罗博安慰我没事（我猜他大概硬生生把一句粗话咽回肚里），这时我的羞耻感在内心熊熊燃烧，极大地升华了我的精神……

第 163 天

　　昨天，一个朋友问我，最能概括我们这个时代精神的经典名句是什么。我还在想呢，他自己就先提出了一个例子，马修·阿诺德[1]的《多佛海岸》："我们在黑魆魆的平原，夜色中无知的军队在拼杀。"虽然诗句不错，但令人灰心丧气啊。

　　对他的选择，我倒是有几分赞同呢。在我们这个时代，幻想无情地破灭了，信仰、希望乃至爱都被弃如敝屣；这位朋友相信，最适合表达时代精神的不是政治、经济或历史术语，而是艺术这一高洁的媒介，这一点我觉得他是对的。不过，我才不会让时代精神这种老套话题难住呢，所以我搜索我杂乱无章的诗歌储备，最后终于找到了一个合适的例子。这首诗说明，良好心态扮演了推动时代前进的崇高角色：

　　　　那我就试试，试试又没坏处；

1　马修·阿诺德（1822—1888），英国诗人、教育家、评论家。

人这一把骨头，撑着

不倒在大地之床上，

只为了一丁点欢乐。

现在聆听已晚了，

现在微笑已晚了，

晚了也比没有好。

我要再活一小会儿，

然后我就永远死掉。

作者是 A. E. 豪斯曼 [2]（还能是谁？）。

2　A. E. 豪斯曼（1859—1936），英国诗人、古典文学学者。

第 164 天

英国王位的第五顺位继承人将要娶一位美国女人,她离过婚,是演员、混血儿和坚定的女性主义者,还比他大 3 岁,[1] 我知道我不是唯一听到这一消息感到快意的共和主义者。一方面,姜黄色头发的哈里王子看上去就像莎士比亚时代的人,他的嗓音我也很喜欢;另一方面,我当然对梅根·马克尔一无所知,也从未听说过她,不过她看上去还行,说起来也很有趣。

他们的皇家婚礼理所当然是极为重要的,而且理所当然地会在春季给公众带来震撼。这次婚礼,要么像上次那样搞成一片粗俗无脑的炫耀[2],要么以哈里王子和梅根为榜样,告诉我们这些愤世嫉俗的家伙,家族君主制是一种国家治理方式,再不合时宜也得继续保留。

---

1 这里指的是哈里王子与梅根·马克尔,两人已于 2018 年完婚。值得一提的是,英国国王爱德华八世为迎娶美国女人华里丝·辛普森,违反英国王位继承规定,于 1936 年自动逊位,后被封为温莎公爵——作者有可能在影射此事。

2 这里指 2011 年威廉王子与凯特·米德尔顿的婚礼。

第 165 天

　　今天上午我回邮件时，放的背景音乐包含了肖邦的一首尤为精致的序曲；像往常一样，它让我心旌摇曳。我儿子提姆来看我，我向他提了一个常常困扰我的问题：创作这样优美音乐的人会是个卑鄙之徒吗？他马上回答，"瓦格纳怎么样？"没错，他有一点道理。

　　但他也只是有一点道理而已。瓦格纳固然给我们留下了无比优美的乐曲（并因此受到希特勒的狂热推崇），但在我看来，瓦格纳的音乐缺少一种灵感迸发的单纯善良品质，而这一我所渴盼的品质可以在肖邦的音乐中找到。

　　不过话又说回来，肖邦在单纯善良的品质上胜过瓦格纳吗？我们难道应该将优美艺术与道德品质挂钩吗？我不知道。也许艺术自成一体，不是批评家或学者所能评判的，当然更不能由拍卖厅粗俗地标出价格或由专家来故弄玄虚、大肆发挥。普通人说，"我知道我喜欢什么。"专业人士往往对此大加嘲笑，可是我觉得普通人的本能有时比他们的意见更明智。

　　原本简单的主题，被我添枝加叶搞复杂了——可那又怎么了？巴赫就常这么做。

第 166 天

我依稀记得，我小时候，小伙伴们为了解决争端，往往大喊
一个与他们年龄不相称的经典词语："和平！"这么一喊似乎管
用——要是现在还管用就好了！现在的世界上，触目所见的是无
处不在、无休无止的各种争执，要是用一句简单的祈求就能让大
家闭嘴，从此相安无事，那是多么令人神清气爽啊。

今天早晨，邮件照例送到了家门口，里面有我订阅的一份周
刊。邮袋封得结结实实的，我花了好大力气打开，却掉出一大堆
乱七八糟的东西：除了我的周刊之外，还有广告、呼吁信、政治
宣传品、无关的邀请信、驾照或贷款的通知、滔滔不绝请求捐款
的信件，甚至有一篇立遗嘱指南。这一切让我好想喊出……

"和平！"我想大声喊，"别来烦我！"碰到这种烦闷时刻，
我知道有些人通过佛家打坐来平复心情，可是我有一种秘传之
法——一艘船能为我解忧。我家的一处窗台上放着一艘老式桨轮
蒸汽船的木制模型，那是我多年前从波兰购得的。船上挂着但泽
自由市的旗帜，但泽自由市曾在 40 年时间内拥有自己的宪法、国

歌、议会、政府、邮票和货币等，但在 1939 年"二战"一开始即遭到纳粹德国轰炸和侵略，最终被吞并。

你也许会觉得，这件年代久远的当代纪念品会让人想起军事干涉，想起点燃全球战火的可怕导火索；其实不然，对我来说，这件船模正代表着和平。瞧瞧它，"利奥波德号"蒸汽船，沐浴在阳光中，虽然已有 80 岁了，但它绿色、金色及斑驳深红相间的船体仍不失耀眼夺目；船首是海神波塞冬手持象征独立的三叉戟，两侧的桨轮箱上各有一只象征但泽自由市的狮子。它看上去并不咄咄逼人，也不耿耿于怀。它代表了现代世界一段最悲惨的历史，但它泰然自若地向前航行，终于穿过岁月的凄风苦雨；因此，对我来说，它代表了超越苦难的平静——这是我秉承的人生态度——以及对所有烦心事的断然回击……

第 167 天

　　今早走路锻炼的时候，我遇到了一位我仰慕的熟人，他和我一样，轻快地走路，作为晨间锻炼。他是一位退休的内科医生，锻炼对人体的生理、道德和智力有什么好处，他一清二楚。不过，今早他看来不像以往那么精神焕发，我猜那是因为他那一类人所经历的事正让他困惑。

　　他那一类人？是的，他们以前自认为是拥有"独立之精神，自由之思想"的社会模范公民，而现在却感到孤立无援，在"偏见"和"政治不正确"之间彷徨不安。作为在战后英国成长起来的一位医生，我想他的全部人生信仰都围绕着英国国民医疗服务体系而建立，毕竟这一宏大体系是一种开创性的时代成就，其提供的从上至下、人人有份的普遍公共服务代表了一种高尚的精神——他应该对此极为自豪的吧。我问他，现在对英国国民医疗服务体系有什么看法。他说，应该废除这鬼东西。这给我的感觉是，他是不是迷失了他的出路。

　　我想，如今大多数人，不管生活境况如何、身在何处，都在

312

寻找某种出路。（性情柔和的佛教徒称之为"道"，但是照最近缅甸的局势来看，那儿的人恐怕也早已不见了"道"。）我指的不是政治出路或思想出路，甚至也不是宗教出路，而是某种更为虚幻缥缈的东西。拉迪亚德·吉卜林的杰作《基姆》颇为奇异，小说结尾处有一个隐晦的提示。在最后几页，喇嘛告诉徒弟基姆，要去寻找"大路"，但是读者仍蒙在鼓中，不知道"大路"究竟是什么，"大路"又通向何方：箭镞之河、正义之轮还是在那至高的灵魂面前？

神圣的喇嘛最后说，"大路"通向哪里都无妨，不管怎样，寻找"大路"的旅程已经结束。他把他自己的灵魂从自由之槛上生生拉回，并对基姆（也对读者）当头棒喝，"吾等必得救赎！"

明白了吗，医生？

第 168 天

世界各地有数以千计的老男人，只因很久以前说几句不得体的话、摸一摸女人的隐私部位或者看几本黄色杂志，从此斯文扫地，再也抬不起头来——我不禁对他们产生了同情。

我还记得，以前在女士臀部戏谑地轻拍一下只是一种友善的表示；那时，躲在床单下看黄色杂志，对看上去好欺负的过路异性吹一声口哨，甚至来一点猥琐的调戏，只不过被看作青少年的恶作剧，大家一笑了之。而现在，如果一个老男人被翻出了年轻时这样的黑历史，他不但事业毁于一旦，而且会变得声名狼藉。当然了，令人庆幸的是，很多十恶不赦的性犯罪者被曝光并得到了应有的惩罚，同时人们对性的态度也普遍变得更加文明。不过，在我看来，在我们从新闻上读到的很多案例中，错处主要是品位太差。

这些案例中的作恶者，就算不是真正的坏人，至少也是极为缺乏绅士风度的年轻人；到了现在，他们会不会变成仪表堂堂却品行不端的老男人？是不是这些品位低俗的人成了德高望重的长辈，主宰着社会事务，吸引着我们的注意力？这样的政客和名人，有没有像我们的父母以前常说的那样，"年纪大了就成熟了"？

我希望他们确实是成熟了——我们普通大众大概是这么认为的吧，虽然没什么根据。我们的父母以前对我们常说的口头禅是"快说对不起"，我希望这句告诫已经足够了。

第 169 天

　　将临期第一主日[1]来得轰轰烈烈，我一起床，打开收音机就听见英国广播公司播放的某个英格兰教堂的晨间弥撒。身为一名不可知论者，我能从任何信仰来源中得到满足（以及产生怀疑）；古代圣公会风格的唱诗班、英王詹姆斯一世钦定版《圣经》的典雅词句都让我心旷神怡。

　　就像我刚才写的，今天来得轰轰烈烈，一大早就有一流唱诗班的表演，虔诚的教众唱着查理·卫斯理[2]创作的雄浑赞美诗，欢庆之声响彻云霄。"真不错，"我穿着睡衣，一边为唱诗班挥手做指挥，一边自言自语，"这事做得没毛病！"当唱诗班以最强音唱到赞美诗的最后一个长和弦，我在脑中想象，穿着黑色法衣的神父站在诵经台的镀金鹰像后，翻开了一本古老的祈祷书，开始了上午的第一段祈祷；确如我所想，当音乐停歇后，收音机里

1　将临期为圣诞节前四个星期，其第一主日（第一个星期天）在 11 月 30 日前后。

2　查理·卫斯理（1707—1788），18 世纪英国循道运动领袖之一，以创作大量赞美诗而闻名。

传来了基督教最高祈祷经文的开头第一段：

我们在天上的父……

"我们在天的父！"我大叫，并把收音机一把打掉，然后回床上打算再睡一会儿。我的上帝，他们用的是不堪入耳的现代译本，而不是典雅华丽的1611年英王詹姆斯一世钦定版译本。我马上为他们的过错向上帝请求宽恕，同时像个书呆子一样，把食指和中指交叉起来以祈求好运。

第170天

　　今天我又一次想到了关于人生满足感的宗教、哲学、诗歌、政治、神秘主义概念——"出路"，这是因为我在电视上看了大卫·爱登堡[1]的海洋纪录片，这片子实在是精彩绝伦，让我对这一拍摄项目的技巧、想象力和超凡胆略十分敬佩。热带的海底，距水面几英里，一个由科学家和摄影师组成的团队在黑暗中驾驶着水下航行器缓缓前行，他们赖以生存的唯有他们自己的设备、机械、知识、技能和勇气。那天晚上在我的电视屏幕上，在他们的周围，触目所及只有伸手不见五指的狂野大自然，几亿只奇怪的生物仿佛在无边无垠、漆黑一片的山洞中蠢蠢欲动，为了各自的目的而辛苦奔忙。

　　这些成群结队的海底生物，有没有对它们的满足感、它们的终极目标构想出某种无形"出路"？我觉得是没有。我看着这些海底生物在终年不见阳光的地方起伏游动，心想爱登堡令人大开

1　大卫·爱登堡（生于1926年），英国广播公司电视主持人，被誉为"世界自然纪录片之父"。

眼界的纪录片其实证实了麦克白的结论：生命这一包罗万象的自然现象，从人类到鱼类，从云雀、河马到海参，到头来并无具体意义，不管这些生命在电视镜头下显得多么绚烂多彩……

第 171 天

今年斯特林奖[1]颁给了艾塞克斯的黑斯廷斯码头重建工程，这让我深感欣慰，因为我很欣赏英国休闲码头及其在英国国民性格中的反映。我的一部分童年时光在一座著名码头边度过：1869 年建成的克利夫顿码头，位于布里斯托尔海峡的萨默塞特海滩北部，对面就是威尔士。当时铁路逐渐发展，修建克利夫顿码头的主要目的就在于将铁路与开往威尔士的蒸汽轮船航线连接起来，不过现在它已经成为一个休闲码头了。就是在这座码头上，大约 5 岁的我第一次遇见了从事戏剧行业的人，他们在码头上表演音乐会，为期一个季度；我的母亲也是从这座码头出发，乘坐"白漏斗"航线的桨轮蒸汽船，去卡迪夫播放她的钢琴独奏。

这是一个有体面、有风度的小地方带给我的有体面、有风度的回忆（约翰·贝杰曼[2]就很喜欢克利夫顿码头，这座码头仍在

1　以英国建筑师詹姆斯·斯特林（1926—1996）命名的优秀建筑奖，每年由英国皇家建筑师协会颁发。

2　约翰·贝杰曼（1906—1984），英国桂冠诗人。

蓬勃发展）。现在则不然，英国海滨码头的名声总体上再也没有了体面和风度；正相反，那些地方的气氛充满了轻佻、放肆，甚至有点打擦边球，总之就是低俗、好玩。那儿出售的明信片印着不那么露骨的照片，内容常常是一个憨态可掬的游客乐呵呵地从一架投币机器中看喜剧无声片《管家眼中所见》，已成为一种独特的收藏品。英国海岸上还有数十个休闲码头，但随着大多数各阶层英国人热衷于奔赴国外旅游，在比亚里茨[3]或贝尼多姆[4]而不是布莱克普尔[5]度过假期，英国休闲码头的黄金时代便结束了。

　　我怀念旧日海滨度假的盛况，我那时年轻、天真，度假的人群在我看来就像来自另一个国家，他们看上去都是不折不扣的好人，待人那么和善，对家人又是那么自豪而体贴。他们（以及他们父母那一代人）经历了战争、萧条、罢工、贫困和幻灭，但是在我的回忆中，他们仿佛被抽象化了，成为一个快乐、自满而健康的群体。当然了，我完全在胡说八道。可是有什么办法呢？那就是"管家眼中所见"！

3　法国度假胜地，位于大西洋沿岸。

4　西班牙度假胜地，位于地中海沿岸。

5　英国海滨度假胜地，位于英格兰西北部。

第 172 天

今天，英国皇家海军让我伤透了心。

有一则关于第二次世界大战的笑话，我一直记在心头。一艘美国海军战舰和一艘英国皇家海军战舰同时抵达一个港口。美国舰长友好地发信号问，"早上好！世界上规模第二的海军今天怎么样？"英国舰长回复，"很好，谢谢！世界上武力第二的海军今天怎么样？"

这个笑话固然没有恶意，但今天上午我想起来时，它让我感到颇为可悲，因为新闻里又传来了有关英国皇家海军的耻辱消息。英国皇家海军不但在规模上远远小于庞大的美国海军，而且除了发疯的爱国者以外，没人会宣称它在武力上胜过美国海军。

英国皇家海军最近厄运不断：碰撞事故、机械故障、造价过高，等等。20 世纪 60 年代被誉为"舰队中坚力量"的 45 型驱逐舰就是一个不幸的例子。皇家海军一开始打算造 12 艘，后来减为 8 艘，最后造了三年，只有 6 艘下水，而且造价远远高出预期。第一海务大臣说，没关系，它们是皇家海军最强大的驱逐舰……然而不幸的是，它们的发动机和螺旋桨不停出故障，而且船体过热太严重，无法在气候炎热地区执行任务，所以它们大多数时间是停泊在港口内，有时候甚至 6 艘全部入港。

今天早晨，我在新闻里听说英国舰队的崭新旗舰"伊丽莎白女王号"航空母舰出现了漏水。漏水！这艘航空母舰是皇家海军有史以来最大、最昂贵的军舰，还是第三艘以伊丽莎白女王命名的军舰，英国女王曾在一次极为隆重浮夸的下水仪式上将它送入皇家海军服役。这艘排水量 7 万吨、造价达数十亿英镑的航空母舰也许值得大书特书，而且我不免暗自揣测，这次发现的漏水也许不像听上去那么好笑；英国皇家海军是我念念不忘的古老而辉煌的英国传统，但是我担心，"伊丽莎白女王号"就是那传统最后的一声悲伤的"乌拉"。

昨天，我在图书馆地板上堆了几袋木柴，以备楼上烧炉子取暖之用。我正干活的时候，发现那些袋子遮住了一个书架的最下面一排书。猜猜是什么书？没错，就是《英国皇家海军史》，总共七卷的皇皇巨著。漏水？这是搞笑吗？我都快哭出来了。

第 173 天

1956 年，我和家人住在开罗附近的尼罗河上的"蓝宝石号"住家船里。一个早晨，当我们正在甲板上与一位来访的客人吃早餐时，邮件到了。其中有一个来自伦敦的包裹，我怀着极大的兴奋打开来，发现里面是我的第一本书《从东海岸到西海岸》（菲伯出版社，271 页，21 便士）。客人见到我打开包裹时的开心表情，笑着说："你的一生中再也不会有这样快活的时刻了！"

她这话可说错了。半个世纪过去了，今天早晨，我们坐在威尔士的餐桌前时收到了邮件，我拆开邮件，发现里面有我的上一本书《大和号战舰》（雅典娜出版社，112 页，9.79 英镑）。迄今，我已出版了 40 多本书了，另有两本在筹备中，菲伯出版社还打算在我过世后出版一本。不过，我收到《大和号战舰》的兴奋之情与那么多年前收到我的第一本书《从东海岸到西海岸》是完全一样的呀！事实上，我收到我的每本书都让我开心！

如果当年"蓝宝石号"上的那位客人能读到这一篇，我希望她会觉得有意思。可惜，就像"蓝宝石号"一样，她早已沉没在历史的深渊，从那里想必还传来她的笑声吧……

第 174 天

谨此纪念被毫无人性地囚禁于伦敦动物园，并在 2017 年 12 月 23 日的一场火灾中悲惨离世的一只土豚和五只猫鼬。

第 175 天

2017 年的圣诞节到来了，又过去了，斯克鲁奇[1]也一样。我得承认，过去几天来，我很多次觉得斯克鲁奇就是我的同类。每当电视屏幕上又出现圣诞特别节目，或者我收到的圣诞贺卡又是粗俗的商业广告，或者某个不太熟的熟人寄来的贺卡上，签名潦草得看不清，又没有写回信地址，我就在心里暗暗地骂，"呸！"我意识到我给孙辈和侄甥辈送圣诞礼物都太小气，这让我的良心惴惴不安。细雨蒙蒙的圣诞假期，我每听到那讨厌的《铃儿响叮当》，就口出粗言，"骗子！"

但是圣诞假期后的第一个工作日马上就会荣耀登场。我来到海滩，发现整个世界都在热烈庆祝圣诞：孩子们踩着时兴的滑板车冲来冲去，爸爸们一脸宠溺，同时往海面上打水漂，只为了逗狗开心，妈妈们一边笑，一边聊八卦；一些我不太认识的人向我询问我家里人的情况，我完全不认识的人只对我说"哈罗"；气

---

1 狄更斯小说《圣诞颂歌》中的人物，以悭吝刻薄著称。

球四处飘荡，偶尔有一个慢跑者不管周围一切，只顾往前跑。

在海滩的尽头，我碰到了一个印度人，他孤零零一个人站在鹅卵石上，注视着海面——除了雾气和远处的群山，并没有什么值得看的。我向他说早安，他只是回我一个微笑，然后望着翻涌的波涛，喃喃低语："真壮观。"

歌手小蒂姆这样唱道："上帝保佑每一个人。"我继续走路，嘴里哼着歌。

第 176 天

今天是 2017 年的最后一天，我在此对未来作出我的个人
预测。

媒体常用语"千禧一代"让我摸不着头脑，所以我平生第一
次求助于人工智能：我在电脑上向网络信息服务助手 Siri 提问，什
么是"千禧一代"，转眼之间就有服务助手向我彬彬有礼地解释，
"千禧一代"就是出生于 20 世纪 80 年代早期至 21 世纪初的人。
不需要词典或百科全书，一眨眼的工夫，人工智能就能给出答案，
同时也给了我一个预兆。我完全相信，世界上的各种喧嚣和骚动、
挑战和胜利、焦虑、悲剧、前瞻思潮、国家兴亡和理想憧憬，在
人工智能的伟大前景面前都是渺小的。现在已经出现了自动驾驶
的汽车、战胜国际象棋大师的超级电脑和能与人进行有意义交流
的机器人，只要再过几年，机器人就会让上百万人失业，令世界
经济陷入混乱。

正是我们人类亲手造就了这一切。我相信，不久以后，我们
将成功把机器人变成人类的代替者，让它们拥有生理和心理感受、

创造性才能和全部喜怒哀乐之感情，最后它们逐渐形成自主意识，并取代我们。

　　然后呢? 我们将成功创造新的我们自己。对我来说，今天早上 Siri 告诉我"千禧一代"是什么意思，而我说"谢谢"时，这一命中注定的嬗变就已开始了。

第 177 天

谨此纪念被毫无人性地囚禁于远离家乡的贝德福德郡的沃本狩猎公园，并在 2018 年 1 月 2 日的一场火灾中悲惨离世的十三只猴子。

第 178 天

来自美国的消息

今早醒来，颇思晚间离奇梦。

班农还是特朗普，该相信谁？

写书的那个沃尔夫又是谁？[1]

蒂勒森、库什纳，其言是否可听？

继续看《泰晤士报》可靠观点，

还是改上推特了解最新消息？

朦胧中我问，"山姆大叔在哪儿？"

"他干吗跳进坑，弄得一身泥？"

没有回答，我继续睡觉。

管他呢，待会儿，待会儿再说。

---

1 指《烈焰与怒火：特朗普白宫内幕》的作者迈克尔·沃尔夫。

第 179 天

来自伦敦的消息

今早醒来，听到天大坏消息：
阴谋家阴谋除去我国首相！
因为英国脱欧，有人反对她，
还有人说她从小忤逆师长。
他们说，只要她掌舵，
国家这艘大船就得触礁；
说她凭着半部《申命记》，
就敢号令国家经济。
（那是《圣经》，他们意思是
可怜的特蕾莎·梅力不能及。）

说实话，我也分辨不出，
多嘴多舌的批评孰是孰非。

早餐桌上，我宁愿回想往日，

我们认为英国拥有最强大地位。

我要高唱（趁我咖啡还没凉）

英国，不列颠尼亚，日不落的荣光！

第 180 天

2018 年一开始，在这个威尔士小小角落，我们能看见彩虹——好美丽的彩虹啊！鲜艳的彩虹、闪烁的彩虹、醒目的彩虹、柔和的彩虹和看似永不消退的彩虹——当然了，就像所有神奇的事物一样，彩虹最后都慢慢淡化、消退了。

我以前从未见过这样美丽的彩虹。好几次，当我从窗户瞥见外面的彩虹时，我马上跳进我的车里，冲去寻找彩虹。你知道吗？千真万确，我曾经非常接近彩虹入地之处（传说中埋着一罐金子）；有时其实离我不远，比如在车道的尽头，在小河的对岸，在派瑞农庄的背后，可是还没等我靠近，彩虹就已消失啦⋯⋯

相信我，当彩虹屈尊光临我们这个威尔士的小小角落，并在我们荒山秃岭的背景中展示其绚丽多姿的风采，它所带来的灵感迸发远远超过任何贝多芬、特纳、莎士比亚或古希腊建筑师的作品。就在刚才，我构思这篇彩虹赞歌的时候，我忽然兴之所至，播放由哈罗德·阿伦[1]创作、朱迪·嘉兰[2]演唱的《飞越彩虹》，这让我眼里充满了泪水。

1　哈罗德·阿伦（1905—1986），美国作曲家。《飞越彩虹》是他为电影《绿野仙踪》创作的主题曲。

2　朱迪·嘉兰（1922—1969），美国演员、歌手，1939年主演电影《绿野仙踪》。

第 181 天

自艾自怜并无用处，而最近的一些事让我为自己感到羞愧和难过。那天，我退出了我原定为英国广播公司录制的一次节目，我很心虚地给出的原因是我感觉我状态不行。我告诉他们，年老体衰、力有不逮以及个人焦虑情绪促使我选择退出，他们很体贴照顾我，对此表示理解。

这么放弃实在是叫人心里难受。与此同时，我还退出了其他一些活动，并谢绝了新的活动邀请，看上去好像我要从公众视线里消失一样。那么今天呢？今天，我有些后悔，不过也不是特别后悔。对我自身的评估，我也是有对有错吧。

可怜的我啊，总是在两极间徘徊、周旋：生气勃勃与筋疲力尽，得意扬扬与懊悔自责，生与……好吧，毕竟我已经 92 岁了呀……

哎呀，快闭嘴。你看我这多愁善感的样儿！下次见啦。

第 182 天

　　我的上一个生日，我可爱的儿子提姆和他的爱人格温妮丝为我写了一首庆祝生日的歌，名为《善良和橘酱》，因为他们看到这两样东西在我的生命中扮演了极其重要的角色。你也许会笑，但这是真的呀。我坚信善良是一种终极美德，包含了其他品质，每个人都理解，每种宗教都赞成，而且施行起来令人愉快——好吧，我这信念大概把大家都烦死了呢。

　　至于对橘酱的狂热，则可能比较让人难以理解，但我多年来早已加入了这一风潮。在我半生的世界旅行中，战争也好，和平也好，舒心也好，狂乱也好，我不管走到哪里都带一罐橘酱。1953 年，我在报道人类首次登顶珠峰时，就带了一罐"库珀的牛津"佐餐；我在外国吃了一百顿早餐，都用自己的橘酱，而不用当地调料。

　　现在，我大多数时间住在威尔士家里，正如提姆和格温妮丝看出来的那样，我仍坚持我的饮食习惯。而且我承认，我的橘酱狂热开始多了一点迷信的元素。我家厨房碗柜上一溜排开七罐不同橘酱，对应一星期七天，每天我从对应的罐子里取食；所有七罐都是威尔士酿造，有的是朋友手工制作，有的是威尔士公司出品，但每一罐都具有独特的风味和配料。

我严格遵照从星期一到星期日的顺序从各个橘酱罐子中取食，不过偶尔我搞错了顺序，这样我的吐司应该被抹上"咖啡男人"，却得到了"新家"，或者正好倒过来。搞错橘酱顺序对我来说意味着黑色的一天，各种噩运将会接踵而至。当然了，少数情况下我放纵自己，进行背信弃义的野蛮行为，比如尝个柠檬，或在橘酱中加一点威士忌调味料。

这样的异端行径当然要受到惩罚，除非我通过向橘酱众神的真诚告解来赎罪。不过，橘酱众神还是会宽恕我的，毕竟橘酱神教的教众人数有限，而且无法对我采取报复手段……

第183天

　　英国航空公司不再为头等舱旅客提供餐桌上的鲜花，这条新闻让我大吃一惊，同时也让我想起了20世纪五六十年代我花着别人的钱乘坐客机在世界各地穿梭的好日子。虽然出版商和杂志编辑出钱让我乘坐的只是商务舱或公务舱，但那时候的舱内设施还算比较豪华，所以我基本上像个老爷一样飞来飞去。

　　我翻检我留下的旧时纪念品，就可以找出例子来说明。我乘坐泛美航空客机去香港，午饭菜单上不但有菲力牛排，还有清炒茄子、健怡可乐；美联航的菜单称为"美味尝鲜"，上面列着鸭胸肉，配以韭菜和酸果。有一次我乘坐维珍大西洋的航班去纽约，中饭吃的是蒸龙虾比目鱼杂烩，餐后甜点是一份萨赫蛋糕。还有一次，我乘坐英国航空的航班去迈阿密，机上的下午茶让我终生难忘：塞着烟熏火鸡和金枪鱼的羊角面包，配以胡萝卜、鸡蛋和芥末调味料，餐后甜点是水果蛋糕加上花生饼干、巧克力。

　　你明白了吧？那时候坐飞机出行真是享受呢，不是吗？现在我固然可以嘲笑这些服务华而不实，但这些回忆令我动容。美联航的一杯皇家蓝勋威士忌，"来自距巴尔莫勒尔城堡[1]一箭之遥的一处小酒坊"，有谁会拒绝呢？如果乘坐英国航空的协和式客机——有史以来最优美，却也是最失败的飞行器——飞越大西洋，有谁不会带走随餐食一起送上的可爱纪念品呢？

我就有两件这样的纪念品，上面都带有协和式客机的醒目标志：一副包装精美的扑克牌和一本印有字母图案的精致小巧的笔记本。我从没用过这副扑克牌，也没在笔记本上写过一个字。

1　位于苏格兰阿伯丁郡，是英国女王伊丽莎白二世的避暑行宫。

第 184 天

关 于 发 明

"二战"末期，我在桑德赫斯特军营当学员。那时候我发明了一个装置，可协助坦克在行进中炮击。我忘了具体是什么了，只记得那装置十分巧妙：当坦克指挥官从炮塔中伸出头来观察战场情况时，可以通过这一装置与炮塔内的炮手更好地沟通。可是，不管这一装置有没有用，没人对它感兴趣，因此我的第一项发明只能以失败告终。

我的第二项发明也与坦克战有关。这个装置能确保坦克在上下颠簸时，打开的坦克舱盖不会呼的一声突然关上。这项发明仍然是失败的：我指挥的谢尔曼坦克用上了这个装置，然而在一次训练中，舱盖狠狠地砸在我的左手上，现在 70 年过去了，我的手指还有些变形，这就是证明。

在后来的发明事业中，我的想法变得更加宏伟。我觉得，人类有能力将火箭送进太空，在宇宙中四处穿梭，那岂不是浪费了一个大好机会？我自作聪明地提出，现在既然大家都认为地球是圆形的，并不断旋转，那么完全可以让旅客乘坐火箭飞上太空，然后停留在那里，等下面的地球旋转到旅客要去的目的地，就可以让火箭降落，里面的旅客就可以安全抵达廷巴克图、纽芬兰或希斯罗。

我这个主意遭到了人们异口同声的嘲笑，但是我最近的这项发明在我看来既实用又受欢迎。当我驾车离家前往最近的小镇克里西斯时，会经过一个三岔路口，我可以左转、右转或直行。我的转向灯当然只能指示向左还是向右，不能提醒行人和车辆我会直行。因此我建议，在每辆车上装上三向转向灯。半个世纪以来，我一直在四处兜售这项发明，却无人赏识；所以，如果有本田公司的人在读这篇文章，请留意下面这一则来自我的老朋友、老伙伴 2006 年本田思域 R 型（里程数10.6万英里）的呼吁：

　　请按照简·莫里斯的要求，为我装上三向转向灯，这将使年迈的我免于耻辱。爱你们！先谢过。——来自 L432 WJC

第 185 天

　　我不知道你怎么想，但根据最近的事态，我认为我们正处于人类历史的最后关头之一，我们所知的一切都将发生变化。时代精神所蕴含的本能，国家之间、文化之间的较量，政客们喋喋不休的争吵，资本家肮脏不堪的野心，乃至宗教勉力作出的弥补，在我以这个时代的视角看来，都是那么荒谬可笑。

　　万能的上帝！在一个层面上，我们看见拥有全新理想信念和革命性武器的新兴国家战胜了拥有骄傲传统的古老国家，从而造成政治力量的全球均势迅速变换，一天一个样。在网络战争的威胁下，难道坦克、战舰、潜艇和炸弹都落伍了？难道不能按下一个按钮就发射一颗导弹，把一国首都炸个稀巴烂？我们这个时代最强大的"超级大国"已受尽了羞辱，不再拥有理所当然的权力，特朗普这样的领袖在世人眼中早已过时。

　　而在威压这一切的层面上，我看见了人工智能席卷全球的发展势头。今天我读到新闻，中国克隆了两只猕猴，它们在照片里看上去就像脸色憔悴、彷徨无助的孤儿——可怜的小东西。不要担心啦，"中中""华华"，你们很快就会有别的克隆猕猴做伴的。如果人能够创造猕猴，那他很快就能够创造人——如果他还不会，那么他创造出来的猕猴肯定会!

早上好，各位! 在威尔士，今天是风和日丽的一天。

第 186 天

天气晴好的时候，我一天能看见一两次白色水汽痕迹从云朵上升起，无声地遁入高空，这种景象总能令我感动。水汽痕迹似乎总是两条一起出现，就像两个好朋友，而且它们总是有意识地向西方飞去。我猜那是从英格兰来的客机，或者是从欧洲大陆来的客机，正飞往北美。让我不能自拔的，就是客机在天空中留下的无言痕迹。

鸟儿也会让我产生这样迷惑不解的感觉。日复一日，我看着花园里、海滩上的鸟儿，心里想着它们到底在干什么，是什么使它们有能力去做它们正在做的事。就拿今天来说，一小群燕鸥从我头顶飞过，停在几百英尺外的海面上。我用望远镜聚精会神地观察它们，你猜，它们在干什么？它们什么都没干，就是静静地坐着，随着水面一沉一浮的。它们不吃东西，不去四下觅食，甚至彼此之间都没有交流。它们就这样漂在海面上，然后突然之间，不知什么缘故，它们一起飞离水面，往回飞过我的头顶，来到海滩后面的田野里。

它们的目的是什么？是为了准备今年晚些时候的长途迁徙吗？它们是不是遵照了某种冥冥中的指示？不管这些鸟儿有什么意图或义务，在我看来，它们都是高空中白色水汽痕迹的小小随从，无言地，无言地在苍穹中航行……

第 187 天

有关一本威尔士航拍照片专辑的评论，作为今天的内容：

迈阿密的阳光猛烈，太绝妙，
对威尼斯，什么夸张都失效。
到了咱威尔士，天天犯洪涝，
没有什么地方比这儿更糟！
可是咱飞得高，往下边一瞧，
这老掉牙地方，居然还挺俏！
摄影技术还不赖，
这是艺术——人人爱！

第 188 天

老年生活的一天！

这一天是这样的：

昨天，我决定将我心爱的老破车送去做专业清洗。我和我的老本田度过了多年快乐的日子，我更喜欢一辆旧兮兮的本田车，把它送去清洗还是第一次呢。

这一天，我打算花时间干点各类无聊杂事。所以，吃完早饭，我就开车载着我亲爱的伊丽莎白沿着海岸线前往最近的镇子。伊丽莎白正像人们常说的，"初现老态"，因此她喜欢搭车到处跑。

首先，我们去了我的会计师所在的事务所，给他们一个塞满了账单、收据等的邋遢信封，希望他们为我估算出前年（我想大概是前年）的应税收入，上报给国内税收署。他们带着一丝苦笑收下了信封，然后我和伊丽莎白履行公民职责，开车去公共垃圾堆放点，丢掉一只装着各类垃圾的巨型黑袋子。袋子里的很多内容，伊丽莎白都不认为是垃圾，所以我趁她没看见，偷偷把袋子交给了垃圾堆放点的负责人——她其实是我的一个朋友。接着，我们快马加鞭赶往另一个稍远的镇子，在那里将车送去专业清洗。我把车交给几个开洗车行的波兰人，他们笑容可掬，对我说等一个钟头来取。

我们随后走了半英里左右，来到一家我们以前常来的舒适餐馆，打算吃一顿中饭。可惜这家餐馆关着门。所以我们只好再走 1 英里左右，去一家咖啡馆随便吃了点点心。在咖啡馆里，我发现我的信用卡不见了，我们只得赶紧回到洗车行，看看我是不是丢在哪儿了。那儿没有，所以我们只好再走 5 英里左右，穿过镇子到一家银行网点取点现金，以支付洗车费用，然后再回到那家关着门的餐馆，看看我是不是把信用卡丢在那儿了。

那儿也没有，所以我们回到了那家咖啡馆；正当我掏空大小包包，为搜寻信用卡做最后的努力时，我亲爱的伊丽莎白看了看她的包，发现信用卡一直安然无恙躺在里面。我们郁郁不乐，沉默地走了 25 英里回到洗车行，那些波兰人看见我们十分高兴，把车还给了我。

我的老本田看上去焕然一新，几乎让我感到不太自然；不过没关系，它很快就会变成原来的那辆老破车啦。我们都得接受我们的年纪，对不对？不管怎样，返程路上这车开得特别顺畅，晚上我们在海边美美地吃了一顿贻贝和白葡萄酒大餐。

然后就上床睡觉啦。